Pies Baskerville'ów

Przez
ARTUR CONAN DOYLE

Przekład z angielskiego
EUGENII ŻMIJEWSKIEJ

Solis Press

Spis treści

ARTUR CONAN DOYLE

Rozdział I.
Pan Sherlock Holmes

Pan Sherlock Holmes zwykł był wstawać późno, o ile nie czuwał przez całą noc, a zdarzało mu się to nieraz. Otóż owego dnia wstał wyjątkowo wcześnie. Jadł śniadanie. Stałem przy kominku. Schyliłem się i podniosłem laskę, którą nasz gość zostawił wczorajszego wieczoru. Był to kij gruby, z dużą gałką, utoczoną z drzewa; pod gałką była srebrna obrączka, a na niej napis: „Jakóbowi Mortimer M.R.C.S. od przyjaciół C.C.H.", pod spodem zaś data: „r. 1884". Taką laskę staroświecką, mocną, zapewniającą bezpieczeństwo, zwykli nosić starzy lekarze.

— No, i cóż, Watson? Co pan myślisz o tej lasce? Jakie wyprowadzasz wnioski? — zapytał.

Holmes siedział, odwrócony do mnie plecami; widzieć mnie nie mógł, a ja zachowywałem się tak cichutko, że nie mógł domyślić się, czem jestem zajęty.

— Masz pan chyba oczy z tyłu głowy … — rzekłem.

— Mam przed sobą srebrny imbryk — odparł — ale powiedz mi, Watson, co myślisz o lasce naszego gościa? Skoro nie zastał nas w domu i nie wytłómaczył celu swych odwiedzin, ta mimowolna pamiątka nabiera wielkiego znaczenia. Chciałbym też wiedzieć, jakie pojęcie tworzysz sobie o tym człowieku?

— Sądzę — odparłem, trzymając się metody dociekań mojego towarzysza — że doktor Mortimer jest lekarzem średniego wieku, zażywającym szacunku; dowodzi tego ów upominek pacyentów.

— Dobrze, wybornie! — pochwalił mnie Holmes.

— Sądzę dalej, że jest lekarzem prowincyonalnym i że po większej części odwiedza chorych pieszo.

— Dlaczego tak pan przypuszczasz?

— Bo laska, choć pierwotnie ładna, jest tak zniszczona, że żaden lekarz miejski nie chciałby jej używać. Grube okucie żelazne starło się, co dowodzi, że laska była w częstem użyciu.

— Słuszne rozumowanie — przytwierdził Holmes.

— A dalej, napis od przyjaciół z C.C.H. świadczy, że lekarz niósł pomoc członkom jakiegoś klubu myśliwskiego (Hunting Club).

— Istotnie, Watson, przechodzisz sam siebie — rzekł Holmes, zapalając papierosa. — Muszę przyznać, że pańskie wnioski są słuszne. Mam pojętnego ucznia. Wyświetliłeś kilka punktów zupełnie ciemnych.

Nigdy jeszcze Holmes nie odzywał się do mnie w sposób tak pochlebny. Cieszyłem się z jego uznania, na które oddawna już usiłowałem zasłużyć, stosując jego metodę badań w sprawach kryminalnych.

Po chwili milczenia, odebrał mi laskę i przypatrywał jej się gołem okiem. Następnie odłożył papierosa, odszedł z laską do okna i począł jej się przyglądać przez szkło powiększające.

— Ciekawe, bardzo ciekawe … — rzekł, wracając na swoje ulubione miejsce przy kominku.

— Czy pan dopatrzył się jakiego nowego szczegółu, mogącego służyć za wskazówkę? — spytałem, spodziewając się, że nic ważnego nie uszło mojej baczności.

— Zdaje mi się, mój drogi Watson, że prawie wszystkie twoje wnioski były mylne. Pod jednym tylko względem miałeś słuszność, a mianowicie, że posiadacz tej laski jest doktorem prowincyonalnym i że dużo chodzi.

— A więc nie omyliłem się?

— Na tym punkcie — nie.

— A na innych?

— Inne wywody były fałszywe. I tak, naprzykład, twierdzisz, że laska jest darem jakiegoś prowincyonalnego klubu myśliwskiego. Ja przypuszczam, że ofiarowali ją lekarzowi pensyonarze szpitala Charing Cross (C.C.H.).

— Przyznaję, że to jest prawdopodobniejsze. Jaki pan stąd wyprowadza wniosek?

— Znana jest panu moja metoda badania. Zastosuj ją w praktyce.

— Mogę to tylko wywnioskować, że przed osiedleniem się na wsi, ten lekarz praktykował w mieście.

— Sądzę, że możemy posunąć się jeszcze dalej na drodze przypuszczeń. Ten dar został wręczony w chwili, gdy doktor Mortimer opuszczał szpital, aby rozpocząć praktykę na własną rękę.

— Prawdopodobnie.

— Jakież mógł on zajmować stanowisko w tym szpitalu? — albo lekarza ordynującego, albo studenta-praktykanta. Zapewne to ostatnie, bo doktor szpitalny, z wyrobioną opinią i liczną praktyką, nie opuszcza zajmowanej pozycyi, aby się przesiedlać na prowincyę. Doktor Mortimer opuścił szpital przed laty pięciu, jak to wskazuje data na lasce. W owym czasie ukończył zapewne uniwersytet, a więc upada pański wniosek, iż jest człowiekiem średniego wieku. Doktor Mortimer ma lat trzydzieści niespełna, jest uprzejmym, dobrym, niezbyt ambitnym, roztargnionym. Ma psa trochę większego od jamnika, a mniejszego od wyżła.

Roześmiałem się niedowierzająco. Holmes zasiadł wygodnie w fotelu i puszczał kłęby dymu.

— Nietrudno będzie przekonać się, który z nas dwóch ma racyę — rzekłem, zbliżając się do szafki bibliotecznej i wyjmując z niej kalendarz z wykazem lekarzów angielskich, oraz ich życiorysem. Z pośród wielu Mortimerów, jeden tylko mógł być tym, o którego nam chodziło. Odczytałem głośno:

„Mortimer Jerzy, lekarz powiatowy w Grimpen, Dartmoor, hrabstwo Devsu. Był studentem-praktykantem w szpitalu Charing-Cross od r. 1882 do 1884. Otrzymał nagrodę Jacksona za studyum z zakresu patologii porównawczej, zatytułowane: „Czy choroba jest zboczeniem?" Jest członkiem szwedzkiego Towarzystwa patologicznego, autorem wielu artykułów, jako to: „Kilka przykładów atawizmu" (drukowany w *Lancet* w r. 1882), „Czy idziemy z biegiem postępu?" (*Dziennik Psychologiczny* 1883). Jest lekarzem powiatowym gmin Grimpen, Thorsley i High Barrow".

— Widzisz pan, że miałem słuszność — rzekł Holmes. — Obstaję dalej przy moich hypotezach, że doktor Mortimer musi być uprzejmy, bo tylko człowiek uprzejmy dostaje takie upominki od swoich pacyentów; że nie jest ambitny, bo inaczej nie opuszczałby Londynu dla prowincyi, i że jest roztargniony, bo w razie przeciwnym, zamiast laski, zostawiłby swój bilet wizytowy.

— Jakież są pańskie wnioski co do psa?

— Jego pies zwykł nosić laskę w zębach; ponieważ laska jest ciężka, więc ją trzyma pośrodku; w tem miejscu znać ślady psich zębów. Zęby są za duże na jamnika, za małe na wyżła. To może być ... tak, to jest pinczer.

Holmes przeszedł przez pokój i stanął we framudze okna. W głosie jego było tyle głębokiego przekonania, że nie mogłem się wstrzymać, aby go nie zapytać:

— Skąd taka pewność?

— Dla bardzo prostej przyczyny, że mam tego psa przed oczyma; stoi za temi drzwiami, a jego właściciel w tej chwili właśnie do nich dzwoni. Proszę cię, Watson, nie wychodź z pokoju. Jest pańskim kolegą, i pańska obecność może mi być przydatną. Nadchodzi ważna chwila. Zbliżają się kroki, które mogą stanowić o przeznaczeniu — złem czy dobrem — niewiadomo. Ciekaw jestem, czego doktor Jerzy Mortimer zażąda od Sherlocka Holmes, specyalisty od przestępstw kryminalnych … Proszę!

Do pokoju wszedł nasz gość. Jego powierzchowność zdziwiła mnie bardzo. Nie wyglądał na prowincyonalnego lekarza. Był wysoki, szczupły, miał nos wązki, wysuwający się ostro z pomiędzy oczu przenikliwych, zasłoniętych ciemnymi okularami, w złotej oprawie. Ubrany był w długi, poplamiony surdut, spodnie miał wystrzępione. Choć jeszcze młody wiekiem, był już przygarbiony; na jego twarzy malowała się dobra wola względem ludzi. Wchodząc, zobaczył odrazu laskę w ręku Holmesa i podbiegł ku niej z okrzykiem radości.

— Tak się cieszę! — zawołał. — Nie byłem pewny, czym ją zostawił tutaj, czy w biurze portowem. Gdybym ją zgubił, sprawiłoby mi to wielką przykrość.

— Wszak to prezent? — rzekł Holmes.

— Tak, panie.

— Od pensyonarzy hotelu Charing Cross …

— Tak, od paru pacyentów. Dali mi ją na pamiątkę mojego ślubu.

— Szkoda — rzekł Holmes, ściskając mu rękę.

— Czego pan żałuje? — spytał doktor Mortimer ze zdziwieniem.

— Szkoda, że pan rozproszył moje wnioski — brzmiała odpowiedź. — A więc powiadasz pan, że to podarek ślubny?

— Tak, panie. Ożeniłem się i dlatego musiałem szpital opuścić; trzeba było założyć dom, postarać się o praktykę samodzielną.

— No, i teraz zyskujesz pan sobie sławę na polu nauki — rzekłem.

— Wszak mam przyjemność mówić z panem Sherlock Holmes?

— Nie, to mój przyjaciel, doktor Watson.

— Miło mi pana poznać. Słyszałem o panu nieraz. Pozwoli mi pan, panie Holmes, zbadać swoją czaszkę. Od pierwszego rzutu oka spostrzegłem, że jest niezwykłą: zdradza zdolności, rzekłbym nawet — geniusz dedukcyjny. Taka czaszka byłaby ozdobą każdego muzeum. Przyznaję, że jej panu zazdroszczę.

— Jesteś pan entuzyastą w swoim zawodzie, tak, jak ja w swoim — odparł detektyw — ale sądzę, że nie przybywasz pan tu po raz wtóry jedynie w zamiarze zbadania mojej czaszki …

— Nie, panie, choć rad jestem, że zdarza mi się sposobność ku temu. Przybyłem do pana, panie Holmes, bo uznaję własną niepraktyczność, a jestem postawiony wobec bardzo trudnego zagadnienia. Ponieważ pan jesteś drugim w Europie ekspertem w sprawach kryminalnych …

— Doprawdy? Czy wolno mi zapytać, kto jest pierwszym?

— W oczach człowieka, przekładającego teoryę nad praktykę, pan Bortillon zajmuje niewątpliwie pierwsze miejsce.

— Więc czemuż pan nie zwrócisz się do niego?

— Powiadam, że jest on pierwszorzędny powagą, jako teoretyk. Ale pan, jako praktyk, zajmujesz pierwsze w w Europie — to niewątpliwe. Spodziewam się, żem pana nie obraził …

— Trochę — odparł Holmes nawpół żartem — ale jako człowiek praktyczny, chciałbym nareszcie dowiedzieć się, co pana tutaj sprowadza.

Rozdział II.
Przekleństwo rodu Baskerville

— Mam w kieszeni rękopis — rzekł doktor Jerzy Mortimer.

— Spostrzegłem to odrazu, gdyś pan wszedł do pokoju — odparł Holmes.

— Manuskrypt jest stary.

— Z ośmnastego wieku.

— Skąd pan wie?

— Z pańskiej kieszeni wychodzi pół cala papieru. Przyglądałem mu się, podczas gdyś pan mówił, a byłbym lichym rzeczoznawcą, gdybym z zewnętrznego wyglądu nie potrafił określić daty rękopisu. Czytałeś pan zapewne moją monografię w tym przedmiocie. Otóż w tym wypadku sądzę, że manuskrypt datuje się z roku 1730-go.

— Omyliłeś się pan o lat dwanaście. Datowany jest z roku 1742-go.

Doktor Mortimer wyjął go z kieszeni.

— Ten dokument rodzinny został powierzony mojej pieczy przez sir Karola Baskerville, którego śmierć tragiczna poruszyła przed trzema miesiącami całe Devonshire. Dodam, że byłem jego osobistym przyjacielem, zarówno jak lekarzem domowym. Był to człowiek dzielny, rozumny, praktyczny i tak samo, jak ja, nie podlegający złudzeniom wyobraźni. A jednak wierzył święcie słowom tego dokumentu i był przygotowany na rodzaj śmierci, który go spotkał …

Holmes wyciągnął rękę po manuskrypt i począł mu się bacznie przyglądać.

— Zwracam pańska uwagę, Watson, na kolejne używanie krótkiego i długiego *s*. Jest to jedna ze wskazówek, która mi pomogła do określenia daty.

Spojrzałem przez ramię na papier, pożółkły ze starości. Na pierwszej stronicy był nagłówek: „Baskerville Hall”, a pod spodem data: „1742”.

— To zapewne potwierdzenie jakiejś legendy — wtrącił Holmes.

— Rzeczywiście — przyznał doktor Mortimer. — Legenda tycze się rodu Baskervillów.

— Przypuszczam jednak, że pragniesz pan zasięgnąć mojej rady w sprawie aktualniejszej i bardziej realnej — rzekł Holmes.

— Tak. Chodzi mi o fakt zagadkowy, który zdarzył się niedawno; muszę rozstrzygnąć zagadkę, w ciągu dwudziestu czterech godzin. Ale manuskrypt jest krótki i ma ścisły związek z tą sprawą. Zatem odczytam go panu, jeśli pan pozwoli.

Holmes skinął głową. Zasiadł wygodnie w fotelu, złożył ręce tak, że palce stykały się z palcami, przymknął oczy i słuchał z rezygnacyą.

Doktor Mortimer podsunął manuskrypt pod światło i głosem dobitnym czytał, co następuje:

— „Rozmaite pogłoski krążyły o Psie Baskervillów, lecz ja, pochodząc w prostej linii od Hugona Baskerville, słyszałem tę historyę z ust mojego ojca, który znowu słyszał ją od swojego, więc ją spisuję z całą wiarą. Pragnąłbym, abyście i wy, moi synowie, nabrali głębokiego przekonania, że Sprawiedliwość, karcąca winę, może ją odpuścić, i że żadna kara nie jest tak ciężką, aby modlitwa i pokuta nie zdołały jej zatrzeć. Niech te dzieje nauczą was, że nie należy bać się owoców przeszłości, lecz raczej być ostrożnym na przyszłość, aby dzikie chucie, za które nasz ród poniósł tak srogą karę, nie rozkiełznały się znowu na naszą zgubę.

„Dowiedzcie się więc, że za czasów Wielkiej Rewolucyi (polecam wam przeczytać dzieje tej epoki, skreślone przez lorda Clarendon); otóż w owych czasach w zamku Baskerville rządził Hugon, a był to, przyznać muszę, człowiek porywczy i bezbożnik.

„Sąsiedzi przebaczyliby łatwo to ostatnie wykroczenie, bo nasza okolica nie słynęła nigdy religijności, ale nie mogli mu przebaczyć wrodzonego okrucieństwa.

„Otóż ów Hugon pokochał (jeśli można tem mianem nazwać tak dzikie uczucie), pokochał zatem córkę czynszownika, dzierżawiącego grunta w pobliżu dóbr Baskerville. Ale dziewczyna, będąc skromną, i bogobojną, obawiała się go, jak szatana. Otóż pewnego na jesieni, w dzień świętego Michała, ów Hugon na czele pięciu czy sześciu kompanów, zakradł się do farmy i uprowadził dziewczynę, korzystając z chwili, gdy ojciec i bracia jej byli nieobecni.

„Przywieźli biedaczkę na zamek i osadzili ją w komnacie wieżowej, Hugon i jego towarzysze zasiedli do nocnej uczty, wedle zwyczaju. Słysząc ich pijackie wrzaski, dziewczyna truchlała, lecz była z natury dzielną, więc opanowała strach i postanowiła ratować się. Ogromna brzoza osłaniała i do dziś dnia osłania okno tej narożnej komnaty. Dziewczę uczepiło się jej gałęzi i spuściło się po nich na dół, a dostawszy się na swobodę, łąkami i polami biegło do fermy swego ojca, oddalonej o trzy mile od zamku.

„Wkrótce potem, Hugon, zostawiwszy swoich kompanów przy butelkach i kartach, podążył do swojej ofiary, a widząc, że ptaszek opuścił klatkę, jak szalony powrócił do komnaty biesiadnej, wytłukł szkło i wśród okropnych przekleństw i złorzeczeń zaprzysiągł, że odda ciało i duszę dyabłu, jeśli ten dopomoże mu odzyskać dziewczynę. Pijani towarzysze słuchali go w przerażonem milczeniu, tylko jeden, gorszy, a może bardziej pijany od innych, poddał myśl, aby za dziewczyną puścić w pogoń psy podwórzowe.

„Słysząc to Hugon, wybiegł przed dom, zwołał chłopców stajennych, kazał im osiodłać swoją klacz ulubioną i spuścić psy z łańcuchów; jednemu, najdzikszemu, dał do powąchania chustkę dziewczyny, zostawioną w narożnej komnacie, i popędził przez łąki w noc księżycową.

„Towarzysze hulanki rzucili się do koni, chwycili pistolety i pognali za swoim amfitryonem, a było ich razem trzynastu. Księżyc świecił jasno, pędzili galopem drogą, którą musiała uciekać dziewczyna, jeśli podążyła do domu.

„Ujechali z półtory mili, gdy spostrzegli nocnego pastucha. Pytali go, czy nie widział brytanów. Wystraszony, odparł, że przed chwilą biegły za jakąś dziewczyną.

— „Ale widziałem coś więcej — mówił. — Hugon Baskerville pędził tędy na swojej karej klaczy, a za nim leciał jakiś pies okropny, czarny, jakby szatan wcielony. Niech mnie Bóg broni, żebym kiedy jeszcze miał spotkać podobnego potwora na mojej drodze.

„Pijani towarzysze cisnęli pastuchowi przekleństwo i pognali naprzód. Ujechali jeszcze z pół mili. Nagle włosy stanęły im dębem ze strachu, bo oto przed nimi pędziła klacz kara, pokryta pianą, bez siodła i bez jeźdźca.

„Towarzysze zbili się w gromadkę, bo ich strach oblatywał, lecz jechali dalej, choć każdy z nich, gdyby był sam, zawróciłby konia i uciekł do zamku, ale jeden wstydził się drugiego. Człapiąc wolno, zrównali się wreszcie z brytanami; te, choć znane w całej okolicy ze swej zajadłości, leżały teraz w rowie, wystraszone, i wyły przeraźliwie.

„Kompania zatrzymała się. Jeźdźcy otrzeźwieli odrazu. Jedni chcieli zawracać, drudzy postanowili przekonać się, co zaszło. Księżyc świecił tak jasno, że można było szpilki zbierać.

„O milę dalej, na polu, sterczały wysokie kamienie. Pomiędzy nimi leżała dziewczyna, martwa, a obok niej Hugon Baskerville — nieżywy.

„Ale nie ten widok, choć straszny i niespodziany, najeżył włosy pijackiej kompanii; straszniejszy obraz przedstawił się ich oczom: nad zwłokami Hugona stał pies czarny, ogromny, wyszczerzał zęby i błyskał ślepiami. Jeden z towarzyszów padł na miejscu, rażony strachem, drugi utracił zmysły, reszta hulaszczej kompanii do końca życia nie zapomniała tego wrażenia.

„Taką jest, moi synowie, legenda o psie, który od owego czasu trapił naszą rodzinę. Spisałem ją, abyście wiedzieli, jak się rzeczy istotnie miały i nie wierzyli krążącym baśniom. Nie będę, tail przed wami, że po tym wypadku, wielu mężczyzn w naszym rodzie umarło śmiercią nagłą, krwawą i tajemniczą. Jednak nie traćmy wiary w miłosierdzie Boskie, które karci niewinnych, tylko do trzeciego lub czwartego pokolenia. Opatrzności Boskiej, moi synowie, was polecam i ostrzegam, abyście nie przechodzili przez tę łąkę po nocy, gdy złe duchy są rozkiełznane."

(To są przestrogi Hugona Baskerville, spisane dla jego synów, Rogera i Jana, z rozkazem, aby o tem wszystkiem nie wspominali swej siostrze, Elżbiecie).

Doktor Mortimer skończył czytać tę niezwykłą opowieść, nasunął na oczy okulary i spojrzał na pana Sherlocka Holmes. Ten ziewnął i rzucił papierosa w ogień.

— No i cóż? — rzekł.

— Czy historya ta nie jest interesującą?

— Zapewne, dla zbieracza starych legend i baśni.

Doktor Mortimer wyjął z kieszeni gazetę.

— A teraz, panie Holmes — rzekł — pokażę panu coś aktualniejszego. Oto dziennik „Devon County Chronicle" z dnia 14-go Maja roku bieżącego. Jest w nim opis faktów, odnoszących się do śmierci sir Karola Baskerville, która zdarzyła się na kilka dni przed ową datą.

Mój przyjaciel nachylił się i począł słuchać uważniej. Doktor Mortimer czytał:

„Niedawna i nagła śmierć sir Karola Baskerville, kandydata liberalnego z hrabstwa Devon, przejęła całą naszą okolicę zdumieniem i trwogą. Jakkolwiek sir Karol Baskerville mieszkał w Baskerville Hall od niedawna, lecz jego uprzejmość, hojność i szlachetność, zjednały mu szacunek tych wszystkich, którzy mieli z nim do czynienia. W dzisiejszej epoce parweniuszów miło jest widzieć potomka starożytnego a podupadłego rodu, odzyskującego fortunę swych przodków i przywracającego świetność staremu nazwisku.

„Sir Karol, jak wiadomo, zyskał duży majątek na spekulacyach w Afryce południowej, a będąc z natury przezornym, nie kusił dalej szczęścia, które mogłoby się odwrócić od niego, jak to czyni z innymi, i zrealizowawszy swoją fortunę, powrócił do Anglii.

„Przed dwoma laty zaledwie osiadł w Baskerville Hall; znane są jego szerokie plany odnowienia starej siedziby i wprowadzenia ulepszeń w gospodarstwie rolnem. Śmierć przeszkodziła ich urzeczywistnieniu.

„Będąc bezdzietnym, pragnął, aby cała okolica korzystała z jego fortuny i niejeden z sąsiadów ma ważne powody do opłakiwania jego przedwczesnego zgonu. Donosiliśmy często na tych szpaltach o jego hojnych ofiarach na instytucye publiczne.

„Śledztwo nie wyjaśniło dotychczas okoliczności, towarzyszących śmierci sir Karola. Krążą tu najdziwaczniejsze legendy, przypisujące ów nagły zgon działaniu sił nadprzyrodzonych.

„Sir Karol był wdowcem, uważano go powszechnie za dziwaka. Pomimo dużej fortuny, miał przyzwyczajenia proste, skromne. Personel służbowy w Baskerville Hall składał się z kamerdynera, nazwiskiem Barrymore, jego żony, kucharki i gospodyni w jednej osobie. Oboje zeznają, że zdrowie sir Karola w ostatnich czasach było nietęgie, że rozwijała się w nim choroba serca, objawiająca się bladością, brakiem tchu i częstemi omdleniami. Doktor Jerzy Mortimer, przyjaciel i domowy lekarz nieboszczyka, złożył zeznanie w tym samym duchu.

„Sir Karol Baskerville zwykł był co wieczór, przed pójściem na spoczynek, przechadzać się po słynnej alei wiązów przed zamkiem. Małżonkowie Barrymore opowiadają, że wieczorom 4-go maja, ich pan oznajmił im, że nazajutrz wyrusza do Londynu i kazał pakować kuferek.

„Owego wieczoru wyszedł, jak zwykle, na przechadzkę, wśród której wypalał cygaro.

„Z tej przechadzki już nie powrócił.

„O dwunastej Barrymore, widząc drzwi frontowe jeszcze otwarte, zaniepokoił się, i wziąwszy latarnię, poszedł szukać swego pana. W ciągu dnia deszcz padał, więc łatwo było dojrzeć ślady stóp sir Karola wzdłuż alei. W połowie drogi jest furtka, prowadząca na łąkę.

„Były ślady, że sir Karol stał przy niej przez czas pewien, następnie skręcił znowu w aleję. Znaleziono jego trupa na jej końcu.

„Pomiędzy innemi dotychczas nie wyjaśniono jednego faktu, wynikającego z zeznań Barrymora, a mianowicie, że ślady kroków jego pana zmieniły się z chwilą, gdy stał przy furtce i że odtąd szedł na palcach.

„Niejaki Murphy, cygan, handlujący końmi, znajdował się wówczas na łące, w pewnej odległości od nieboszczyka, ale sam przyznaje, że był pijany. Powiada, że słyszał krzyki, ale nie może określić, skąd wychodziły.

„Na ciele sir Karola nie było śladów przemocy lub gwałtu, a chociaż lekarz zeznaje, że wyraz twarzy nieboszczyka był tak zmieniony, że on, doktor Mortimer, w pierwszej chwili poznać go nie mógł, rzeczoznawcy tłómaczą to anewryzmem serca, przy którym zachodzą podobne objawy.

„Sekcya wykazała przedawnioną wadę serca, sędzia śledczy potwierdził badanie lekarskie. Pożądanem jest, aby spadkobierca sir Karola mógł objąć jaknajprędzej majątek i prowadzić dalej chlubną działalność, przerwaną tak nagle i tak tragicznie.

„Gdyby prozaiczne orzeczenie sędziego śledczego i rzeczoznawców nie położyło końca romantycznym historyom, krążącym na temat owej śmierci, nie łatwo byłoby znaleźć właściciela Baskerville Hall.

„Domniemanym spadkobiercą jest pan Henryk Baskerville, syn młodszego brata sir Karola. Ów młodzieniec przed kilku laty wyruszył do Ameryki. Zarządzono poszukiwania. Dowie się on zapewne niebawem o zmianie swego losu”.

～

Doktor Mortimer złożył gazetę i wsunął ją do kieszeni, mówiąc:

— To są fakty, powszechnie znane.

— Dziękuję panu za zwrócenie mojej uwagi na sprawę istotnie ciekawą — rzekł pan Holmes. — Czytałem o niej, coprawda, w dziennikach, ale w owym czasie byłem zajęty kameami, które zniknęły z muzeum Watykańskiego. Chciałem się przysłużyć Papieżowi i straciłem z oczu to, co się jednocześnie działo w Anglii. Ten artykuł, powiadasz pan, zawiera fakty, znane powszechnie?

— Tak.

— Zechciej więc pan uwiadomić mnie teraz o tem, czego nikt nie wie.

Sherlock Holmes oparł się o poręcz fotelu i znowu złożył ręce tak, aby palce stykały się końcami.

— Uczynię to — rzekł doktor Mortimer, zdradzając coraz większe wzburzenie. — Powiem panu to, czego nie mówiłem jeszcze nikomu. Zataiłem to przed sędzią śledczym z pobudek, które pan zapewne zrozumie. Jako człowiek nauki, nie chciałem zdradzać się publicznie, iż wierzę w przesądy. Dalej, rozumiałem, że gdyby utwierdziła się wiara w nadprzyrodzone siły, rządzące w Baskerville Hall, nikt nie zechciałby objąć starego zamku w posiadanie. Dla tych dwóch powodów nie zeznałem przed sądem wszystkiego, co wiem — albowiem nie zdałoby się to na nic sędziemu śledczemu — ale z panem będę zupełnie szczery.

„Okolica jest mało zaludniona, rezydencye rzadkie, a siedziby włościańskie rozrzucone na znacznej odległości od siebie.

„Widywałem często sir Karola Baskerville, który był spragniony towarzystwa. Oprócz p. Frankland w Lafter Hall i naturalisty, p. Stapleton, w pobliżu niema ludzi inteligentnych. Sir Karol był skryty, małomówny. Zbliżyliśmy się z powodu jego choroby, przytem łączyły nas wspólne upodobania naukowe. Przywiózł wiele ciekawych wiadomości z Afryki Południowej. Spędziliśmy niejeden miły wieczór na rozprawach o anatomii porównawczej.

„W ciągu ostatnich paru miesięcy spostrzegłem, że system nerwowy sir Karola był nadwerężony. Wziął tak dalece ową legendę do serca, że choć co wieczór odbywał spacery, nic go nie mogło skłonić do wejścia na łąkę po zachodzie słońca. Prześladowała go wciąż obawa upiorów, i pytał mnie nieraz, czym nie widział jakiego dziwacznego stworzenia i czym nie słyszał szczekania. Te pytania zadawał mi zawsze głosem drżącym.

„Wraziła mi się w pamięć jedna z moich wizyt u niego przed trzema tygodniami. Stał w sieni. Gdym schodził z wózka, spostrzegłem, że patrzy po przez moje ramię ze strachem w oczach. Odwróciłem się i spostrzegłem jakiś kształt dziwny, podobny do dużego, czarnego cielęcia. Przeleciało to po za moim wózkiem.

„Sir Karol był tak wzburzony, że poszedłem szukać tego osobliwego zwierzęcia. Ale nigdzie go nie było. Mój pacyent nie mógł się uspokoić.

Zostałem z nim przez cały wieczór i wtedy, tłómacząc swe wzburzenie, opowiedział mi całą tę historyę.

„Wspominam o tym drobnym epizodzie, gdyż nabiera on znaczenia wobec tragedyi, która potem nastąpiła; na razie nie przywiązywałem do tego wagi i dziwiłem się wzburzeniu sir Karola.

„Miał jechać do Londynu z mojej porady. Wiedziałem, że jest chory na serce i że ciągły niepokój źle wpływa na jego zdrowie. Sądziłem, że parę miesięcy, spędzonych na rozrywkach, uwolni go od tych mar i przywidzeń. Nasz wspólny przyjaciel, pan Stapleton, był tego samego zdania. I oto wynikło nieszczęście.

„Zaraz po śmierci sir Karola, kamerdyner Barrymore wyprawił do mnie grooma Perkinsa; przybyłem do Baskerville Hall w godzinę po katastrofie. Zbadałem wszystkie fakty, przytoczone w śledztwie. Szedłem śladami, pozostawionemi w Alei Wiązów, obejrzałem miejsce przy furtce, gdzie sir Karol zatrzymał się, i zmiarkowałem, że od owego miejsca szedł na palcach i że nie było śladu innych kroków, oprócz późniejszych, Barrymora. Wreszcie obejrzałem starannie zwłoki, które pozostały nietknięte do mego przybycia.

„Sir Karol leżał nawznak z rozciągniętemi rękoma, jego twarz była tak zmieniona, że zaledwie mogłem ją poznać. Na ciele nie było żadnych obrażeń. Ale Barrymore w toku śledztwa uczynił jedno zeznanie fałszywe. Powiedział, że nie było żadnych śladów dokoła trupa. Nie spostrzegł ich, ale ja dostrzegłem — zupełnie świeże, w pobliżu.

— Czy ślady kroków?

— Tak.

— Męzkie, czy kobiece?

Doktor Mortimer patrzył na nas przez chwilę dziwnemi oczyma, wreszcie odparł szeptem:

— Panie Holmes, były ślady kroków … psa … olbrzymiego.

Rozdział III.
Zagadka

Przyznaję, że gdym słuchał tego opowiadania, przebiegały po mnie dreszcze. I doktor był żywo poruszony.

— Widziałeś pan te ślady? — spytałem.

— Tak, na własne oczy; tak wyraźnie, jak teraz widzę pana.

— I nic pan nie mówiłeś?

— Po co?

— Dlaczego nikt inny nie dostrzegł tych śladów?

— Pozostały o jakie dwa łokcie od trupa; nie zwrócono na nie uwagi i jabym ich nie zauważył, gdybym nie był znał tej legendy.

— Dużo jest psów w okolicy.

— Tak, ale to nie był zwykły pies. Powiedziałem już panom, że był ogromny.

— Czy nie zbliżył się do trupa?

— Nie.

— Czy noc była jasna?

— Nie; pochmurna i wilgotna.

— Ale deszcz nie padał?

— Nie.

— Jak wygląda aleja?

— Jest wysadzana dwoma rzędami wiązów i opasana żywopłotem, wysokości 12 stóp. Sama aleja ma 8 stóp szerokości.

— Czy jest co pomiędzy żywopłotem a aleją?

— Tak; po obu stronach biegnie trawnik, szerokości 6 stóp.

— O ile zrozumiałem, jest wejście przez furtkę?

— Tak; furtka prowadzi na łąkę.

— Czy są inne wejścia?

— Niema.

— Tak, iż aby wkroczyć w Aleję Wiązów, trzeba wyjść z domu, lub iść przez łąkę?

— Jest trzecie wejście przez altanę, na drugim końcu alei.

— Czy sir Karol doszedł do tej altany?

— Nie; znaleziono go o pięćdziesiąt łokci od niej.

— A teraz, zechciej mi pan powiedzieć, doktorze Mortimer — będzie to szczegół ważny — czy ślady, któreś pan spostrzegł, pozostały na żwirze, czy na trawie?

— Nie mogłem dojrzeć śladów na trawie.

— Czy ślady były po tej samej stronie, co furtka?

— Tak, po tej samej.

— Bardzo mnie pan zaciekawia. Jeszcze jedno pytanie. Czy furtka była zamknięta?

— Zamknięta na klucz i zaryglowana.

— Jak jest wysoka?

— Ma około 4-ch stóp.

— A więc można ją łatwo przesadzić?

— Tak.

— A jakie ślady znalazłeś pan przy furtce?

— Żadnych, któreby mogły zwrócić uwagę.

— Czyżeś pan nie oglądał ziemi dokoła?

— I owszem, oglądałem.

— I nie dostrzegłeś pan żadnych śladów?

— Były bardzo niewyraźne. Widocznie sir Karol stał tutaj przez pięć do dziesięciu minut.

— Skąd pan to wie?

— Gdyż popiół z cygara spadł dwa razy na ziemię.

— Wybornie. Znaleźliśmy kolegę wedle naszego serca. Prawda, Watson? Ale jakież to były ślady?

— Ślady stóp na żwirze. Innych znaków dostrzedz nie mogłem.

Sherlock Holmes uderzył ręką w kolano.

— Czemu mnie tam nie było! — zawołał. — Jest to wypadek bardzo ciekawy, dający obfite pole do naukowej ekspertyzy. Czemuż nie mogłem odczytać tej żwirowej karty, zanim ją zatarły inne stopy! Doktorze Mortimer, że też mnie pan nie uwiadomił wcześniej! Jeśli nam się nie uda wyświetlić sprawy, cała odpowiedzialność spadnie na pana.

— Nie mogłem pana wzywać, panie Holmes, bo w takim razie musiałbym ujawnić te fakty przed całym światem, a mówiłem już, żem sobie tego nie życzył. Zresztą … zresztą …

— Czemu pan nie kończysz?

— Bywają dziedziny, niedostępne nawet dla najbystrzejszych i najdoświadczeńszych detektywów …

— Chcesz pan powiedzieć, że wchodzi to w zakres rzeczy nadprzyrodzonych?

— Tego nie twierdzę stanowczo.

— Ale pan tak myślisz w głębi ducha.

— Od owej tragedyi doszły do mojej świadomości fakty, sprzeczne z ogólnemi prawami natury.

— Naprzykład?

— Dowiaduję się, że przed tą katastrofą, kilku ludzi widziało na łące niezwykłe stworzenie, podobne do złego ducha Baskervillów. Wszyscy mówią, że był to pies ogromny, przezroczysty. Wypytywałem tych ludzi — jeden z nich jest włościaninem, drugi kowalem, trzeci farmerem. Ich zeznania są jednakowe. W całej okolicy zapanował strach przesądny. Nikt po nocy nie przejdzie przez łąkę.

— I pan, człowiek nauki, wierzy w takie baśnie? — zawołał Holmes.

— Dotychczas moje badania ogarniały świat zmysłów; usiłowałem walczyć z chorobą, ale ze złymi duchami walczyć nie umiem. Zresztą musisz pan przyznać, że ślady stóp są dowodem materyalnym. Pies Hugona nie był także zjawiskiem nadprzyrodzonem skoro mógł zagryźć na śmierć, a jednak miał w sobie coś szatańskiego.

— Widzę, że pan przeszedłeś do obozu spirytystów. Ale zechciej mi powiedzieć jeszcze jedno, doktorze Mortimer. Jeżeli pan skłaniasz się ku takim zapatrywaniom, dlaczego przyszedłeś zasięgnąć mojej rady? Powiadasz pan jednym tchem, że nie warto przeprowadzać śledztwa w sprawie zabójstwa sir Karola, a jednocześnie prosisz mnie, żebym się tą sprawą zajął.

— Nie prosiłem o to.

— Więc w jaki sposób mogę panu dopomódz?

— Radząc mi, co mam zrobić z sir Henrykiem Baskerville, który przybywa na dworzec Waterloo — doktor Mortimer spojrzał na zegarek — za godzinę i kwadrans — dokończył.

— Czy on jest spadkobiercą?

— Tak. Po śmierci sir Karola zasięgaliśmy wiadomości o tym gentlemanie i dowiedzieliśmy się, że ma fermę w Kanadzie. Wedle naszych informacyj, jest to młodzieniec bez zarzutu. Nie mówię teraz jako lekarz, lecz jako wykonawca testamentu sir Karola.

— Czy niema innych kandydatów do spadku?

— Żadnego. Mógłby nim być tylko Roger Baskerville, najmłodszy z trzech braci, z których sir Karol był najstarszym. Drugi brat, zmarły przedwcześnie, był właśnie ojcem owego Henryka. Trzeci, Roger, był synem marnotrawnym, żywą podobizną duchową starego Hugona. Tyle nabroił w Anglii, że nie mógł już tu przebywać, uciekł do Ameryki środkowej i umarł w roku 1876-ym na żółtą febrę. Henryk jest ostatnim z Baskervillów. Za godzinę i pięć minut mam go spotkać na dworcu Waterloo. Miałem depeszę z uwiadomieniem, iż przybył dziś do Southampton. A teraz, panie Holmes, powiedz, jak mi radzisz postąpić?

— Dlaczego sir Henryk nie miałby wrócić do domu swych ojców?

— Wydaje się to rzeczą naturalną, a jednak, jeśli weźmiemy pod uwagę, że każdego z Baskervillów, który tam przebywa, czeka śmierć nagła i gwałtowna … Jestem pewien, że gdyby sir Karol mógł był ze mną mówić przed katastrofą, byłby mi zakazał wprowadzać ostatniego z rodu do owej przeklętej rezydencyi. Z drugiej strony, dobrobyt całej okolicy zależy od przebywania dziedzica w Baskerville Hall. Całe dzieło, zapoczątkowane przez sir Karola, pójdzie w niwecz, jeśli nikt nie zamieszka na zamku. Boję się, aby dobro tej okolicy nie skłoniło mnie do nielojalnego postąpienia z sir Henrykiem i dlatego proszę pana o radę.

Holmes zastanawiał się długą chwilę.

— Zatem — odezwał się — według pańskiego przekonania, jakaś siła nieczysta grozi w tych stronach Baskervillom. Wszak pan w to wierzy święcie?

— Gotów jestem przypuszczać, że tak jest.

— W takim razie, ta siła nieczysta może pastwić się nad Baskervillem równie dobrze w Londynie, jak i w Devonshire. Szatan, którego działanie byłoby umiejscowione, nie byłby groźnym.

— Starasz się pan ośmieszyć moją obawę, panie Holmes. Lecz gdybyś sam widział te rzeczy nadprzyrodzone, odechciałoby ci się żartów. Z pańskich słów miarkuję, że ów młodzieniec jest równie bezpieczny w Londynie, jak i w Devonshire. Przybywa za pięćdziesiąt minut. Cóż mi pan radzisz?

— Radzę wziąć dorożkę, zawołać psa, który skowyczy za drzwiami i jechać na dworzec Waterloo na spotkanie sir Henryka Baskerville.

— A potem?

— A potem nic mu pan nie powiesz, dopóki nie namyślę się w tym względzie.

— Jak długo potrzebujesz pan namyślać się?

— Dwadzieścia cztery godziny. Poproszę cię, doktorze Mortimer, abyś mnie odwiedził jutro rano o dziesiątej. A zechciej przywieźć ze sobą sir Henryka Baskerville. To mi ułatwi wykonanie mego planu.

— Zrobię, jak pan chcesz.

Doktor zapisał godzinę na mankiecie i wyszedł. Pan Holmes zatrzymał go na schodach.

— Jeszcze jedno pytanie — rzekł. — Powiadasz pan, że przed śmiercią sir Karola kilku ludzi widziało to zjawisko na łące?

— Tak, trzech ludzi.

— Czy który z nich widział je potem?

— Nie wiem.

— Dziękuję panu. Dowidzenia.

Holmes powrócił na swoje miejsce. Był widocznie zadowolony.

— Wychodzisz, Watson? — rzekł.

— Czy potrzebujesz mojej pomocy?

— Nie, mój drogi. Poproszę cię o nią dopiero w chwili działania. Sprawa wyjątkowa. Przechodząc obok Bradleya, zechciej wstąpić do sklepu i każ mi przynieść paczkę najmocniejszego tytoniu. Jeżeli możesz, byłbym ci bardzo obowiązany, gdybyś tu nie wracał przed wieczorem, a wtedy zestawimy nasze wrażenia i poglądy.

Wiedziałem, że samotność jest niezbędną mojemu przyjacielowi w chwilach, gdy zastanawiał się nad poszlakami spraw kryminalnych, gdy wyciągał wnioski i tworzył teorye, które okazywały się zawsze słusznemi. To też cały dzień spędziłem w klubie i dopiero około dziewiątej powróciłem do mieszkania przy Bakerstreet.

Gdy drzwi otworzyłem, zdało mi się, że w mieszkaniu był pożar; światło lampy ukazywało się jakby za czarną mgłą. Po chwili zmiarkowałem, że dym pochodzi nie od ognia, lecz od mocnego tytoniu. Wśród kłębów ujrzałem Holmesa w szlafroku. Siedział w fotelu z fajeczką w ustach. Na stole leżało kilka zwitków papieru. Odkaszlnąłem.

— Zaziębiłeś się? — spytał.

— Nie, ale można się tu udusić.

— Otwórz okno. Widzę, że spędziłeś cały dzień w klubie …

— Po czem to miarkujesz, Holmes?

— Jesteś rzeźwy, pachnący, w dobrym humorze. Nigdy nie domyślisz się, gdzie ja byłem.

— Nie będę nad tem suszył głowy. Powiesz mi sam.

— A więc byłem w Devonshire.

— Myślą?

— Tak. Moje ciało pozostało tutaj, na tym fotelu, i skonsumowało dwa olbrzymie imbryki kawy i niezliczoną moc tytoniu. Po twojem wyjściu posłałem do Stamforda po mapę tej okolicy i błądziłem po niej przez dzień cały. Pochlebiam sobie, że każda piędź ziemi jest mi teraz dobrze znana.

— To zapewne mapa o wielkiej skali?

— Tak.

Rozwinął ją i położył na kolanie.

— Widzisz — mówił — oto łąka, a to — Baskerville Hall.

— Naokoło las.

— Istotnie. A oto Aleja Wiązów, na lewo od łąki. Tu jest wioska Grimpen, w której doktor Mortimer obrał swoją główną kwaterę. W obrębie mil pięciu mało jest ludzkich siedzib. Oto Lafter Hall. Tu — domek przyrodnika Stapleton. Tutaj dwie formy: High Tore i Fulmire. O czternaście mil dalej — więzienie państwowe Princetown. Dokoła i pośrodku — łąki i trzęsawiska. Taki jest teren, na którym rozegrała się owa tragedya. Postaramy się odtworzyć wszystkie jej sceny i akty.

— Miejscowość bezludna.

— Tak. Dyabeł mógł się na niej rozgościć …

— A zatem i pan skłaniasz się do nadprzyrodzonych wyjaśnień …

— Sługami Dyabła mogą być ludzie z krwi i kości. Należy przedewszystkiem rozstrzygnąć dwa zagadnienia: popierwsze, czy zaszła zbrodnia? Powtóre: w jaki sposób ją spełniono? Jeżeli doktor Mortimer nie jest w błędzie, jeśli okaże się, że mamy do czynienia z nadprzyrodzonemi siłami, w takim razie dochodzenia sądowe są bezużyteczne. Ale musimy wyczerpać wszelkie inne hypotezy, zanim dojdziemy do tego wniosku. Możebyś zamknął okno. Znajduję, że skoncentrowana atmosfera pomaga do skupienia myśli. Czy zastanawiałeś się w ciągu dnia nad tą sprawą?

— Myślałem o niej dużo. Jest istotnie dziwna.

— Są w niej punkty charakterystyczne. I tak, naprzykład, zmiana śladów.

— Doktor Mortimer wyjaśnił to w ten sposób, że sir Karol szedł potem na palcach.

— Doktor powtórzył tylko to, co jakiś dudek powiedział na śledztwie. Pocóżby sir Baskerville miał chodzić na palcach? Nie, on poprostu biegł, *uciekał*, aż wreszcie padł twarzą na ziemię.

— Przed czemże uciekał?

— To właśnie należy wyświetlić! Są poszlaki, że już był wylękniony, zanim począł uciekać.

— Skąd wiesz?

— Przypuszczam, że nastraszyło go coś, co ujrzał na łące. Ten widok pozbawił go przytomności, bo inaczej nie byłby uciekał w stronę przeciwną, zamiast biedz ku pałacowi. Jeżeli świadectwo cygana jest wiarogodne, — biegnąc, wołał o pomoc, a pędził tam, skąd pomoc w żaden sposób nadejść nie mogła. Dalej: na kogo czekał owej nocy i dlaczego czekał w Alei Wiązów, zamiast w domu?

— Wiec sądzisz, że czekał na kogoś?

— Był niemłody, chory. Zapewne mógł był wyjść na spacer, ale nie w taką noc, ciemną, wilgotną. Czemu stał przez pięć do dziesięciu minut przy furtce, jak to wywnioskował doktor Mortimer z popiołu cygara?

— Wszak sir Karol wychodził co wieczór?

— Wątpię, czy co wieczór po dziesięć minut stawał przy furtce. Wiemy nawet, że zwykł był unikać łąki. Przeciwnie, owego wieczora czekał przy niej. Było to w wilię jego odjazdu do Londynu. Rzecz zaczyna się rozjaśniać. Mój drogi, podaj mi skrzypce. Mówmy o czem innem. Dajmy pokój tej sprawie aż do przybycia doktora Mortimer i sir Henryka Baskerville.

Rozdział IV.
Sir Henryk Baskerville

Zjedliśmy wcześnie śniadanie. Holmes czekał na zapowiedzianą wizytę. Nasi klienci stawili się punktualnie. Biła właśnie dziesiąta, gdy do pokoju bawialnego wszedł doktor Mortimer, a za nim młody baronet.

Ten ostatni był niewielkiego wzrostu, silnie zbudowany, miał lat ze trzydzieści, włosy i oczy ciemne; gęste czarne brwi nadawały jego twarzy wyraz stanowczy, a nawet srogi. Z całej jego postawy i ogorzałego oblicza było znać, że dużo przebywał na świeżem powietrzu; wyglądał na skończonego gentlemana.

— Oto sir Henryk Baskerville — prezentował doktor Mortimer.

— Tak, jestem tu we własnej osobie, a co dziwniejsza, panie Holmes, że gdyby mój przyjaciel nie zaproponował mi tej wizyty, sam przybyłbym do pana.

— Niechże pan siada. Czyżby od pańskiego przybycia do Londynu zdarzyłoby się panu coś niezwykłego?

— Zażartowano ze mnie. Dziś rano dostałem ten list.

Sir Henryk położył na stole kopertę; wszyscy nachyliliśmy się nad nią. Była to zwykła, szara koperta; adres: *Sir Henryk Baskerville, Northumberland Hotel* — wypisany był drukiem, stempel Charing Cross i data na kopercie z poprzedniego wieczora.

— Kto wiedział, że pan zatrzyma się w Northumberland Hotel? — spytał Holmes, spoglądając bystro na swego klienta.

— Nikt nie mógł wiedzieć. Zdecydowałem się dopiero po spotkaniu doktora Mortimer.

— Doktor Mortimer mieszkał już tam zapewne?

— Bynajmniej. Zatrzymałem się u znajomego — odparł doktor. — Nie było żadnych poszlak, wskazujących, że chcemy stanąć w tym właśnie hotelu.

— Hm! ktoś widocznie śledzi pańskie kroki.

Holmes wyjął z koperty papier dużego formatu, rozłożył go na stole. Na środku arkusza było jedno zdanie. Brzmiało w te słowa:

Jeżeli dbasz o życie, strzeż się trzęsawiska

Tylko jedno słowo: „trzęsawiska" było wypisane drukowanemi literami, atramentem.

— A teraz, panie Holmes — rzekł sir Henryk Baskerville — może mi pan wytłómaczy, co znaczą te słowa i kto interesuje się moją osobą?

— Cóż pan o tem myślisz, doktorze Mortimer? Musisz chyba przyznać, że niema w tem nic nadnaturalnego.

— Nie, lecz te słowa mogą być skreślone przez kogoś, kto wierzy w nadprzyrodzoną siłę, rządząca tą sprawą.

— Jaką sprawą? — podchwycił sir Henryk Baskerville. — Widzę, że panowie jesteście lepiej odemnie powiadomieni o moich interesach.

— Zanim stąd wyjdziesz, sir Henryku, będziesz wiedział to, co i my — oświadczył Sherlock Holmes. — Tymczasem zajmiemy się tym ciekawym dokumentem. List został naklejony i wrzucony do skrzynki wczoraj wieczorem. Czy masz wczorajszy *Times*, Watson?

— Leży tutaj.

— Proszę cię o niego. Chcę zobaczyć wewnętrzną kolumnę z artykułem wstępnym.

Przebiegł okiem wzdłuż szpalty.

— Artykuł wstępny traktuje o wolnym handlu. Pozwólcie mi odczytać z niego jeden ustęp:

„Nie należy się łudzić, że taryfa protekcyjna osłoni nasz przemysł. Takie prawo zmniejszy tylko obieg kapitałów i sprawi, że życie będzie droższem w Anglii. Jeżeli więc dbasz o swój dobrobyt, szanowny obywatelu, strzeż się głosować za rzecznikami tej idei".

— Cóż o tem myślisz, Watson? — zawołał Holmes, zacierając ręce z radości. — Czy nie znajdujesz, że wyrażone poglądy są bardzo głębokie?

Doktor Mortimer spojrzał na Holmesa z zaciekawieniem; sir Henryk był widocznie zdziwiony.

— Nie znam się na taryfach — rzekł — ale nie widzę, aby te słowa miały nas wprowadzić na trop autora listu.

— I owszem, Watson zna mój system. Czy zrozumiałeś znaczenie tego zdania dla naszej sprawy?

— Przyznaję, że nie widzę żadnej łączności pomiędzy temi słowami a przestrogą, zawartą w liście anonimowym.

— A jednak, kochany Watson, łączność jest tak ścisła, że jedno wypływa z drugiego. *Życie, dbasz, strzeż się* — czyż nie widzisz, skąd są wzięte owe słowa?

— Masz pan słuszność! — zawołał sir Henryk.

— Wszelkie wątpliwości rozprasza fakt, że słowa zostały wycięte w całości, nie zaś pojedynczemi literami, a nawet widzimy dwa słowa wycięte razem: *dbasz o* …

— Doprawdy, panie Holmes, to przechodzi wszelkie pojęcie! — rzekł doktor Mortimer, patrząc na mego przyjaciela ze zdumieniem. — Nie dość, że pan poznałeś odrazu, iż słowa zostały wycięte z dziennika, ale domyśliłeś się, z którego. Powiedz-że nam, jakim sposobem?

— Sądzę, że potrafiłbyś, doktorze, odróżnić czaszkę Murzyna od czaszki Eskimosa?

— Naturalnie. Badanie czaszek — to moja specyalność.

— Dla moich oczu różnica pomiędzy *burgosowemi* czcionkami artykułów wstępnych *Timesa* a *petitowym* drukiem pism wieczornych jest tak wielka, jak dla pana pomiędzy czaszką Eskimosa a Murzyna. Badanie druków jest elementarzem wiedzy *detektywa*.

— O ile można przypuszczać, te słowa zostały wycięte scyzorykiem.

— Nie; nożyczkami i to bardzo ostremi i krótkiemi. Po wycięciu naklejono je gumą na papierze.

— Ale dlaczego słowo: *trzęsawisko* zostało wypisane ręcznie?

— Bo niema go w artykule.

— Czy coś jeszcze zwróciło pańską uwagę, panie Holmes? — pytał sir Henryk.

— Dostrzegam parę wskazówek, choć starano się zatrzeć wszelkie ślady. Adres wypisany literami drukowanemi ręką niewprawną, ale skądinąd *Times* jest czytywany przez ludzi inteligentnych. Wyprowadzam stąd wniosek, że autorem anonimu jest człowiek wykształcony, który chce uchodzić za nieuka; sam fakt, że ukrywa swe pismo, dowodzi, że pan znasz, lub że mógłbyś poznać to pismo. Dalej: słowa nie są naklejone w prostej linii; i tak, naprzykład, *życie* nie jest na swojem miejscu właściwem. To świadczy o niedbałości lub o wzruszeniu. Przypuszczam raczej to ostatnie. Korespondent śpieszył się widocznie … ale dlaczego? Wiedział, że list, wrzucony wieczorem, choćby najpóźniej, dojdzie rąk sir Henryka nazajutrz przed jego wyjściem z hotelu. Czyżby ów nieznajomy bał się, że mu przerwą robotę?

— Wkraczamy teraz w dziedzinę domysłów — wtrącił doktor Mortimer.

— Powiedz pan raczej, że na pole prawdopodobieństw. Może to pan nazwać domysłem, ale ja jestem pewien, że adres został skreślony w hotelu.

— Skąd pan to wie?

— Jeżeli panowie przyjrzycie mu się dokładnie, to zmiarkujecie, że piszący miał kłopot z piórem i atramentem. Pióro pryskało dwa razy w jednem słowie, i wyschło trzy razy przy wypisywaniu tak krótkiego adresu, co dowodzi, że było bardzo mało atramentu w kałamarzu. Otóż w domu prywatnym rzadko się zdarza, aby atrament wysechł i żeby pióro było w tak złym stanie. Ale wiadomo, czem są pióra i kałamarze hotelowe. Sądzę, że badając kałamarze w hotelach w pobliżu Charing Cross, znajdziemy wycięty numer *Timesa* i zdołamy odszukać osobę, która ten list przesłała.

Obejrzał starannie papier, na którym były przyklejone słowa, ale nie mógł dojrzeć nic osobliwego.

— Czy zdarzyło się panu co jeszcze od chwili, gdyś pan przybył do Londynu? — spytał sir Henryka.

— Nic zgoła.

— Czy nie zauważyłeś pan, że pana śledzą?

— Nie. Któżby miał ochotę mnie śledzić? Nikt mnie tu nie zna.

— Czy nie miał pan jakiej niespodzianki?

— Żadnej. Chyba tę tylko, że mi zginął jeden but.

— Zginął panu but? A to w jaki sposób?

— Znajdziesz go pan zapewne po powrocie do hotelu. Nie warto trudzić pana Holmes takiemi drobiazgami — przerwał mu doktor Mortimer.

— Przepraszam; to nie jest drobiazg — zaprzeczył detektyw. — Jakże to było?

— Wystawiłem na korytarz oba buty do czyszczenia. Nazajutrz był tylko jeden. Posługacz nie wiedział, co się stało z drugim. Kupiłem te buty wczoraj i nie miałem ich wcale na nogach.

— Jeżeli ich pan nie nosiłeś, czemu je dawałeś do czyszczenia?

— Buty przechodziły przez tyle rąk w sklepie, że potrzebują czyszczenia.

— A zatem wczoraj, po przyjeździe do Londynu, robiłeś pan sprawunki?

— Robiłem ich dużo. Towarzyszył mi doktor Mortimer. Bo to muszę panu wyznać, że, pędząc życie swobodne, na świeżem powietrzu, zaniedbałem się trochę, a trzeba było przygotować się do odegrania roli pana licznych włości. Pomiędzy innemi kupiłem te żółte buty, zapłaciłem za nie sześć szylingów. Ale ukradli mi jeden, zanim je włożyłem na nogi.

— To dziwne. Na co może się zdać jeden but? — zastanawiał się Sherlock Holmes.

— A teraz, panowie — rzekł baronet — czekam na spełnienie obietnicy. Chciałbym się dowiedzieć o tem, co ukrywaliście przedemną.

— Pańskie żądanie jest słuszne — odparł Holmes. — Doktorze Mortimer, sądzę, że masz obowiązek opowiedzieć sir Henrykowi to, coś nam opowiadał.

Otrzymawszy taką zachętę, lekarz wyjął papiery z kieszeni i przedstawił całą sprawę nowemu baronetowi.

Sir Henryk Baskerville słuchał uważnie, przerywając od czasu do czasu okrzykiem zdziwienia.

— Ha! widzę, żem otrzymał spadek, do którego przywiązana jest jakaś zemsta — rzekł wreszcie, gdy opowiadanie dobiegło końca. — Ma się rozumieć, słyszałem o owym psie od czasów niepamiętnych, jeszcze z ust moich nianiek. Dotychczas jednak nie przywiązywałem wagi do tej legendy. Teraz widzę, że śmierci mojego stryja towarzyszyły istotnie okoliczności tajemnicze. Panowie sami jeszcze nie wiecie, czy ta sprawa wchodzi w zakres działania policyantów, czy też pastorów. A w dodatku dostaję ów list zagadkowy …

— Widać z niego, że ktoś śledzi łąkę i przyległe do niej pustkowia i trzęsawiska — rzekł doktor Mortimer.

— I że ktoś jest dla pana źle usposobionym, bo inaczej druga osoba nie miałaby powodu ostrzegać go o niebezpieczeństwie.

— A może, dla wiadomych im przyczyn, chcą oddalić stąd sir Henryka.

— I to jest możliwem, i wdzięczny jestem panu, doktorze Mortimer, że mnie tę myśl poddałeś. Obecnie chodzi o to, czy sir Henryk ma, czy też nie ma wyruszyć do Baskerville Hall?

— Czemużby nie miał?

— Zdaje się, że panu tam grozi niebezpieczeństwo.

— Czy mówisz pan o niebezpieczeństwie ze strony ludzi, czy też ze strony czworonożnego wroga Baskervillów?

— Nasze badania to wykryją.

— Bądź co bądź, jestem zdecydowany. Niema w piekle takiego szatana, ani na ziemi takiego człowieka, któryby mi przeszkodził zamieszkać w domu moich przodków.

Przy tych słowach sir Henryk brwi zmarszczył, z oczu posypały mu się iskry. Widocznie śmiały duch Baskervillów nie wygasł w ostatnim potomku rodu.

— Teraz — mówił dalej — muszę zastanowić się nad tem, com się dowiedział. Chciałbym mieć godzinkę czasu do namysłu. Jest wpół do pierwszej. Wracam do hotelu. Możebyście panowie przyszli tam do mnie na śniadanie o drugiej? Wówczas będę mógł powiedzieć, co o tem wszystkiem myślę.

— Dobrze. Stawimy się na oznaczoną godzinę.

— A zatem dowidzenia.

Po wyjściu naszych gości, Holmes zerwał się i zawołał:

— Watson, bierz kapelusz i laskę. Niema chwili czasu do stracenia.

Wybiegł z pokoju w szlafroku; w minutę potem ukazał się w surducie. Zbiegliśmy ze schodów. Na ulicy zobaczyliśmy sir Henryka i doktora Mortimer o paręset metrów przed sobą. Szli w kierunku Oxford Street.

— Czy mam ich dogonić i zatrzymać? — spytałem.

— Broń Boże! — odparł. — Twoje towarzystwo wystarcza mi najzupełniej. Ci panowie dobrze robią, że idą się przejść. Dzień ładny.

Szedł krokiem przyśpieszonym, aż dopóki przestrzeń pomiędzy nami a tamtymi nie zmniejszyła się o połowę; następnie, trzymając się wciąż o sto łokci od nich, szedł za nimi przez całą Oxford Street aż do Regent Street. Nasi przyjaciele zatrzymali się raz przed wystawą sklepową. Holmes stanął także. Po chwili wydał cichy okrzyk zadowolnienia. Spojrzałem w kierunku jego wzroku i zobaczyłem, że dorożka z siedzącym w niej mężczyzną, która zatrzymała się po drugiej stronie ulicy, jedzie znowu dalej.

— Chodźmy, Watson. Trzeba mu się przyjrzeć.

Dostrzegłem czarną, puszystą brodę i oczy, świdrujące nas po przez szybę dorożki. W tejże chwili podniosło się okienko w pudle, nieznajomy rzucił parę słów woźnicy i dorożka pomknęła szybko w stronę Regent Street.

Holmes obejrzał się za drugą, ale nie było żadnej niezajętej. Popędził pieszo, ale dorożka jechała tak szybko, że niepodobna było jej dogonić. Niebawem zniknęła nam z oczu.

— Tam do kata! — zaklął mój przyjaciel. — Tośmy się urządzili! Nie do darowania! …

— Kto to był? — spytałem.

— Nie mam pojęcia.

— Zapewne szpieg.

— Z tego, com słyszał od Baskervilla, przypuszczam, że od chwili jego przybycia do Londynu ktoś go śledzi, bo inaczej, skądby wiedziano tak szybko, że stanął w hotelu Northumberland? A jeżeli go śledzili w pierwszym dniu pobytu, niewątpliwie będą śledzić dalej. Zauważyłeś zapewne, że podczas gdy doktor Mortimer czytał, wyglądałem dwukrotnie przez okno.

— Spostrzegłem to.

— Otóż patrzałem, czy nikt nie stoi po przeciwnej stronie ulicy; ale nie było nikogo. Mam do czynienia z przebiegłym lisem, a choć dotychczas nie mogę zmiarkować czy ów nieznajomy pragnie zguby sir Henryka, czy też chce go przed niebezpieczeństwem uchronić, czuję, że trzeba się z nim liczyć. Po wyjściu sir Baskerville'a wybiegłem co tchu, aby zobaczyć jego cień. Ale ten człowiek wsiadł do dorożki, sądząc, że w ten sposób nie zwróci na siebie uwagi.

— Oddaje go to na łaskę i niełaskę dorożkarza. Szkoda, że nie dostrzegliśmy numeru — zauważył Watson.

— Mój drogi, czyż sądzisz, że mogłem przeoczyć tak ważny szczegół? Zapamiętałem numer dorożki … 2704. Ale tymczasem na nic się to nie zda. Zrobiłem wielkie głupstwo … Zamiast śledzić dorożkę zprzodu, trzeba było zawrócić się i wsiąść do pierwszej lepszej, znajdującej się ztyłu. W ten sposób moglibyśmy jechać za nią, albo kazać się zawieźć wprost do Northumberland Hotel i tam czekać. Zbytnia gorliwość była wielkim błędem. Nasz przeciwnik nie omieszkał z niego skorzystać.

Szliśmy powoli przez Regent Street. Doktor Mortimer i jego towarzysz oddawna już zniknęli nam z oczu.

— Nie warto ich śledzić — rzekł Holmes. — Tamten już umknął i nie pojawi się zapewne. Trzeba korzystać z tych nici, które trzymamy w ręku. Czy zapamiętałeś twarz nieznajomego?

— Zapamiętałem tylko brodę.

— I ja także; wyprowadzam stąd wniosek, że była przyprawiona. Wejdźmy tutaj.

Weszliśmy do hotelu. Zarządzający przyjął Holmesa z wielką radością.

— Jak widzę, pamiętasz, Wilson, drobną przysługę, którą miałem sposobność ci wyświadczyć — rzekł mój przyjaciel.

— Nie zapomnę jej nigdy. Uratowałeś mi pan honor i życie.

— Przesadzasz, mój drogi. Wszak macie tu posługacza nazwiskiem Cartridge, który wykazał dużo sprytu podczas śledztwa.

— Tak; jest jeszcze u nas.

— Czy mógłbyś zadzwonić na niego? Dziękuję. A chciałbym też zmienić pięciofuntowy banknot.

W sieni ukazał się chłopak czternastoletni, zwinny, wesoły i rozgarnięty. Stanął przed detektywem w postawie pełnej uszanowania.

— Proszę o spis hotelów. Dziękuję. Patrz, Cartridge: oto nazwiska dwudziestu trzech hotelów w pobliżu Charing Cross. Widzisz?

— Tak, panie.

— Zwiedzisz każdy z nich po kolei.

— Dobrze, panie.

— Zaczniesz od dania szylinga portyerowi. Oto masz dwadzieścia trzy szylingi.

— Dobrze, panie.

— Będziesz mówił, że potrzebne ci są gazety wczorajsze, że szukasz ważnego ogłoszenia, które miało być umieszczone w jednej z nich, ale nie wiesz — w której.

— Rozumiem, panie.

— W istocie będziesz szukał numeru *Timesa*, w którym kilka słów zostało wyciętych nożyczkami. Oto jest jeden egzemplarz. Na tej stronicy. Czy poznasz ją?

— Poznam.

— Za każdym razem portyer, stojący we drzwiach, wezwie portyera, siedzącego w sieni — i temu dasz po szylingu. Oto dwadzieścia trzy szylingi. Zapewne na 23 razy — 20 razy usłyszysz, że spalono wczorajsze gazety; w trzech hotelach dadzą ci całą plikę; będziesz wśród niej szukał tego numeru *Timesa*. Prawdopodobnie go nie znajdziesz. Oto dziesięć szylingów na nieprzewidziane wydatki. Wypraw do mnie depeszę przed wieczorem na Baker Street. A teraz, Watson, musimy dowiedzieć się o dorożkarza Nr. 2104, potem wstąpimy do galeryi obrazów przy Bond Street, dla zapełnienia sobie czasu do godziny drugiej.

♥

Rozdział V.
Trzy nici urwane

Sherlock miał niezwykły dar zwracania dowolnie swoich myśli w jakimbądź kierunku. Przez półtory godziny zapomniał o tej dziwnej sprawie; pochłonęły go obrazy nowoczesnych mistrzów belgijskich, mówił tylko o sztuce, na którą miał poglądy bardzo oryginalne.

O naznaczonej godzinie stanęliśmy przed Northumberland Hotel.

— Sir Henryk Baskerville czeka panów na pierwszem piętrze — rzekł portyer.

— Czy mogę zajrzeć do listy waszych gości? — spytał Holmes.

— I owszem.

Księga wykazywała, że dwie osoby stanęły w hotelu, po zatrzymaniu się tam sir Henryka: niejaki Teofil Johnson z rodziną, przybyły z Newcastle i pani Oldmore ze służącą, z High Lodge, Alton.

— Zdaje mi się, że znam tego Johnsona — rzekł Holmes do portyera. — Wszak to adwokat: siwy, utyka na nogę.

— Przeciwnie: ten pan Johnson jest właścicielem kopalni węgla, bardzo ruchliwy, w wieku pana.

— Jesteś w błędzie co do jego fachu.

— Bynajmniej. Znamy go od lat kilkunastu; zawsze do nas zajeżdża.

— Ha! w takim razie, ja się pomyliłem. Pani Oldmore? … I to nazwisko jest mi znane. Daruj mi ciekawość, ale chciałbym wiedzieć, czy to moja znajoma.

— Jest to osoba niemłoda, bezwładna. Jej mąż był niegdyś merem w Gloucester. Ona zawsze do nas zajeżdża.

— Dziękuję za informacye. Widzę, że to kto inny. Nie znam tej pani …

Gdyśmy szli na górę, mój przyjaciel szepnął:

— Wiemy już, że osoba, która interesuje się losem sir Henryka, nie stanęła w tym hotelu. Choć go śledzi, jednak boi się być śledzoną. Jest to fakt bardzo znamienny. Ale … cóż to się stało? …

Gdyśmy weszli na pierwsze piętro, naprzeciw nam wybiegł sir Henryk, widocznie wzburzony. W ręku trzymał stary but.

— Drwią sobie ze mnie w tym hotelu! — wołał — ale nauczę ich rozumu! Jeżeli but się nie znajdzie, popamiętają mnie tutaj!

— Szuka pan wciąż buta?

— Tak, ale nie puszczę tego płazem!

— Wszak pan mówił, że but był żółty?

— Tak; wzięli mi naprzód żółty, a teraz czarny. Miałem tylko trzy pary: nowe żółte, stare czarne i te oto lakierki. Wczoraj zniknął jeden od żółtej pary, a dziś jeden od czarnej. No, i cóż? Znalazłeś go? Mów.

Przed nami stał wystraszony posługacz, Niemiec.

— Nie znalazłem — odparł głosem drżącym. — Szukałem wszędzie, ale zginął bez śladu …

— Słuchaj: jeżeli ten but nie znajdzie się przed wieczorem, powiem zarządzającemu i wyprowadzę się z hotelu.

— Znajdzie się! Obiecuję, że znajdzie się.

— Pamiętaj! Przepraszam cię, panie Holmes, za tę scenę. Chociaż to rzecz drobna, ale straciłem już cierpliwość.

— To nie jest wcale drobiazg …

— Widzę, że pan przejął się tą stratą. Jak ją pan sobie tłómaczy?

— Nic jeszcze nie rozumiem; bądź co bądź, to dziwne, jak wszystko, co się panu przytrafia od chwili powrotu do kraju. Ale mamy już kilka nici w ręku i spodziewam się, że nie ta, to druga, doprowadzi nas do wykrycia prawdy. Możemy stracić trochę czasu na kroczeniu po fałszywym tropie, ale wcześniej czy później, wejdziemy na właściwy.

Śniadanie przeszło bardzo wesoło. Nie mówiliśmy o tej sprawie, dopiero gdyśmy wrócili do apartamentu sir Henryka, oznajmił nam swoją decyzyę.

— Jadę do Baskerville Hall — oświadczył.

— Kiedy?

— W końcu tygodnia.

— Ha! może pan dobrze robi. Jabym tak samo postąpił. Przekonywam się coraz bardziej, że jesteś pan szpiegowany tutaj, a wśród milionów ludzi, nagromadzonych w stolicy, trudno jest wykryć tych pańskich prześladowców, czy opiekunów. Jeżeli mają złe względem pana zamiary, mogą je wykonać, zanim zdołamy temu zapobiedz. Nie wiesz zapewne, doktorze Mortimer, że śledzono panów dzisiaj, gdyście wyszli z domu?

Doktor Mortimer zdziwił się.

— Któż nas szpiegował?

— Na nieszczęście, nie potrafię tego powiedzieć. Czy wśród znajomych i sąsiadów pańskich w Dartmoor jest jaki mężczyzna z bardzo czarną i dużą brodą?

— Nie … Ach, prawda … Barrymore, kamerdyner sir Karola, ma dużą, gęstą i czarną brodę.

— Tak? Gdzież jest teraz Barrymore?

— Pilnuje pałacu.

— Trzebaby się przekonać, czy nie bawi w Londynie.

— W jaki sposób?

— Daj mi pan blankiet telegraficzny. Napiszę: „Czy wszystko gotowe na przyjęcie sir Henryka Baskerville?" Zaadresuję: „P. Barrymore, Baskerville Hall". Jaka jest najbliższa stacya telegraficzna?

— Grimpen.

— U spodu zamieszczam adnotacyę: „Telegram ma być oddany do rąk p. Barrymore. Jeżeli jest nieobecny, proszę odesłać depeszę sir Henrykowi Baskerville, Northumberland Hotel". Przed wieczorem będziemy wiedzieli, czy Barrymore jest na swojem stanowisku w Devonshire.

— Wybornie! — rzekł sir Henryk. — Ale powiedzże mi, doktorze Mortimer, co to za jeden ów Barrymore?

— Jest synem zmarłego klucznika. Od czterech pokoleń służyli rodowi Baskervillów i strzegli pałacu. O ile wiem, współczesny Barrymore i jego żona są bardzo porządnymi ludźmi.

— Mają zresztą spokojny kawałek chleba, mało roboty i cały pałac do rozporządzenia, skoro właściciele rzadko w nim przebywają.

— To prawda.

— Czy Barrymore został wymieniony w testamencie sir Karola? — pytał Holmes.

— Oboje z żoną otrzymali po pięćset funtów.

— Taak? … Czy wiedzieli, że je otrzymają?

— Tak. Sir Karol lubił mówić o rozporządzeniach, zawartych w swoim testamencie.

— To bardzo ciekawy szczegół.

— Mam nadzieję, że nie będziesz pan patrzył podejrzliwie na wszystkich, którzy otrzymali legaty od sir Karola, bo i mnie zapisał tysiąc funtów — rzekł doktor Mortimer.

— Doprawdy? Komuż jeszcze?

— Jest kilka legatów na drobne sumki i duży zapis na cele dobroczynne. Reszta kapitałów przeszła na sir Henryka.

— Ile wynoszą?

— 740,000 funtów szterlingów.

Holmes podniósł brwi ze zdziwienia.

— Anim przypuszczał, że suma jest tak wysoka — szepnął.

— Sir Karol uchodził za bogacza, ale i my nie mieliśmy pojęcia, że jest tak dalece bogatym. Cały majątek z nieruchomościami wynosi przeszło milion funtów.

— Doprawdy? Takie pieniądze mogą wywołać pożądliwość i doprowadzić do zbrodni. Jeszcze jedno pytanie, doktorze Mortimer. Przypuściwszy, że jakie nieszczęście spotka naszego przyjaciela — daruj mi pan tę smutną hypotezę — kto wówczas odziedziczy majątek?

— Ponieważ Roger Baskerville, młodszy brat sir Karola, zmarł bezżennie i bezpotomnie, zatem majątek przeszedłby na dalekich krewnych, Desmondów. Jakób Desmond jest niemłodym człowiekiem, pełni obowiązki pastora w Westmorland.

— Dziękuję panu. Te szczegóły są dla mnie bardzo ważne. Czy pan znasz Jakóba Desmond?

— Znam. Przyjeżdżał kiedyś w odwiedziny do sir Karola. Jest to mąż bogobojny, wielkich zasług i wielkiej bezinteresowności. Pamiętam, że nie chciał przyjąć żadnego zasiłku od sir Karola, pomimo iż ten błagał go o to.

— Więc ten człowiek, tak skromnych wymagań, zostałby spadkobiercą olbrzymiej fortuny?

— Tak, o ile obecny właściciel nie rozporządzi kapitałami inaczej.

— Wszak zrobiłeś już pan testament, sir Henryku?

— Nie, panie Holmes. Nie miałem czasu. Dopiero wczoraj dowiedziałem się, jak stoją rzeczy. Ale, bądź co bądź, uważam, że pieniądze powinny iść razem z majątkiem ziemskim. Taka była wola stryja. Właściciel Baskerville Hall nie mógłby utrzymać rezydencyi w stanie dawnej świetności, gdyby nie miał gotówki. Pałac, ziemia i pieniądze muszą być w jednem ręku.

— Masz pan słuszność. Dzielę też najzupełniej pańskie zdanie i pod innym względem, znajdując, że pan powinieneś wyruszyć natychmiast do Devonshire. Ale nie możesz pan jechać sam.

— Doktor Mortimer wraca ze mną.

— Doktor Mortimer będzie zajęty praktyką, zresztą mieszka o parę mil od dworu. Pomimo najlepszych chęci nie mógłby służyć panu pomocą w razie potrzeby. Nie, sir Henryku, musisz wziąć ze sobą człowieka zaufania, któryby pana nie opuszczał na krok.

— Czyżbyś pan chciał ze mną jechać, panie Holmes?

— W razie konieczności, stawię się natychmiast, ale teraz mam ważną sprawę i nie mogę opuścić Londynu. Przedstawiciel pierwszorzędnego rodu jest trapiony przez łotra i wyzyskiwacza. Muszę zapobiedz skandalowi.

— Może mi pan kogo poleci na swoje miejsce?

Holmes położył mi rękę na ramieniu.

— Jeżeli mój przyjaciel zechce panu towarzyszyć — rzekł — to nikomu nie mógłbyś pan tak zaufać, jak jemu.

Propozycya zaskoczyła mnie zupełnie znienacka. Zanim jednak zdążyłem odpowiedzieć, Baskerville wyciągnął do mnie rękę.

— Mam nadzieję, że mi pan tego nie odmówisz — rzekł. — Gdybyś pan chciał wyświadczyć mi tę łaskę, będę panu wdzięcznym do końca życia.

Nęciły mnie zawsze niezwykłe przygody, a w dodatku pochlebiała mi skwapliwość, z jaką sir Henryk przyjął tę propozycyę.

— Pojadę z przyjemnością — odparłem.

— I będziesz mi donosił o wszystkiem — rzekł Holmes. — Gdy przyjdzie kryzys, co jest nieuniknionem, wskażę ci, jak masz postąpić. Sądzę, że za dni kilka będziesz gotów do drogi.

— Mogę jechać w sobotę — oświadczyłem.

— A więc spotkamy się o godzinie 10-ej minut 30 na dworcu Waterloo — rzekł sir Henryk.

Nagle wydał okrzyk zdziwienia. Podbiegł do łóżka, schylił się i z pod nocnej szafki wydobył but żółty.

— Mam moją zgubę! — zawołał.

— Oby wszystkie przykrości zostały równie szybko usunięte — życzył mu Sherlock Holmes.

— To jednak dziwne! — zauważył doktor Mortimer. — Przeszukałem starannie cały pokój przed śniadaniem …

— I ja także — wtrącił sir Baskerville.

— Wtedy nie było buta.

— Zapewne posługacz podrzucił go w czasie naszej nieobecności.

Posłaliśmy po Niemca, ale twierdził, że o niczem nie wie i nie umiał wyjaśnić tego dziwnego zdarzenia.

Więc znowu jedna zagadka powiększyła szereg drobnych tajemnic, następujących tak szybko po sobie. Nie licząc już śmierci sir Karola, w ciągu dwóch dni wpadaliśmy z jednego zdziwienia w drugie, łamiąc sobie głowę: to nad drukowanym listem, to nad zjawieniem się szpiegów, nad zniknięciem żółtego, to czarnego buta. Odnalezienie żółtego było nowym sękiem.

Holmes nie odzywał się, jadąc ze mną na Baker Street; po jego ściągniętych brwiach domyślałem się, że waży w myśli te wszystkie okoliczności i wysnuwa z nich wnioski. Przez całe popołudnie, aż do wieczora, siedział w obłokach dymu.

Przed samym obiadem wręczono mu dwie depesze: Pierwsza brzmiała w te słowa:

„Doniesiono mi, że Barrymore jest na miejscu.

Baskerville".

Treść drugiej depeszy była następująca:

„Zwiedziłem dwadzieścia trzy hotele wskazane, ale nie mogłem znaleźć owego *Timesa*.

Cartwright".

— A więc obie moje nici zerwane — rzekł Holmes. — Nic mnie tak nie podnieca, jak niepowodzenie. Musimy szukać innej drogi.

— Pozostaje jeszcze dorożkarz, który woził nieznajomego.

— Telefonowałem do biura policyi, aby dowiedziano się o jego nazwisku. Ktoś dzwoni. To może odpowiedź?

Było to coś więcej. Do pokoju wszedł dorożkarz we własnej osobie.

— Doniesiono mi z policyi, że ktoś, mieszkający pod tym adresem, wypytuje o Nr. 2704 — rzekł ów człowiek o twarzy dobrodusznej. — Jeżdżę już siedem lat i nikt na mnie nigdy skargi nie wnosił, więc bardzo mnie to zadziwiło i przyjechałem, żeby się dowiedzieć, co pan ma przeciwko mnie.

— Nie mam przeciwko wam nic zgoła, mój przyjacielu — odparł Holmes — a właściwie mam dla was pół suwerena, jeżeli potraficie odpowiedzieć jasno i dokładnie na moje pytania.

— Dzisiaj widocznie dobry dzień — szepnął dorożkarz. — Czem panu mogę służyć?

— Przedewszystkiem podaj mi swój adres, na wszelki wypadek.

— John Clayton, Turpey-Street Nr. 3. Stoję z dorożką, na Shipley-Yard, w pobliżu dworca Waterloo.

Sherlock Holmes zapisał to sobie.

— A teraz, Clayton, powiedz mi wszystko, co wiesz, o panu, który stał pod tym domem o dziesiątej rano, a potem kazał ci jechać za dwoma gentlemanami przez Regent-Street.

Dorożkarz spojrzał na niego ze zdziwieniem.

— Cóż ja panu mam mówić, kiedy pan sam wie wszystko — odparł. — Ten pan powiedział mi, że należy do policyi, że jest detektywem, i kazał milczeć.

— Mój przyjacielu, sprawa jest bardzo ważna, i możesz się znaleźć w trudnem położeniu, jeśli zachowasz to, co wiesz, dla siebie — rzekł Holmes. — A więc ten pan ci mówił, że jest detektywem?

— Tak, proszę pana.

— A kiedy ci to powiedział?

— Wysiadając z dorożki.

— Czy wymienił swoje nazwisko?

— Tak.

Holmes rzucił mi tryumfujące spojrzenie.

— To było bardzo nieostrożnie — rzekł. — Jak się nazywa?

— Sherlock Holmes.

Nigdy jeszcze nie widziałem mojego przyjaciela tak zdumionym. Spuścił głowę i milczał. Wreszcie wybuchnął śmiechem.

— A to szczwany lis! Zadrwił sobie ze mnie. Lubię takich! Powiedział, że się nazywa Sherlock Holmes?

— Tak.

— Dobrze. Powiedz mi teraz, w którem miejscu wsiadł do dorożki i co było potem?

— Zawołał na mnie o wpół do dziesiątej na Trafalgar Square. Powiedział odrazu, że jest detektywem i ofiarował mi dwie gwinee, jeżeli przez cały dzień będę spełniał jego rozkazy i o nic pytać nie będę. Zgodziłem się chętnie. Naprzód pojechaliśmy pod hotel Northumberland i czekaliśmy tam, aż dwóch gentlemanów wyszło. Wsiedli do dorożki. Jechaliśmy za nimi; wysiedli gdzieś tutaj w pobliżu.

— Weszli do tego domu?

— Nie pamiętam dokładnie, ale mój gość widział i zapamiętał. Stanęliśmy opodal i czekaliśmy półtory godziny. Potem ci gentlemanowie przeszli mimo nas, mój pan kazał mi jechać powoli przez Baker-

Street, a potem przez Regent Street, do połowy. Wtedy gentleman spuścił okienko i krzyknął, żebym jechał prosto na dworzec Waterloo, co koń wyskoczy. Zaciąłem szkapę i dojechaliśmy w dziesięć minut. Wysiadając, odwrócił się do mnie i rzekł: — „Może ciekaw będziesz dowiedzieć się, kogo wiozłeś? Jestem Sherlock Holmes".

— A nie widziałeś go już potem?

— Nie.

— Jakże ten pan Sherlock Holmes wyglądał?

Dorożkarz podrapał się w głowę.

— Nie tak łatwo go opisać. Miał może lat czterdzieści, był średniego wzrostu, ze dwa cale niższy od pana, ubrany był porządnie, miał dużą, czarną brodę, przyciętą spiczasto, i był bardzo blady.

— Jakie miał oczy?

— Nie wiem.

— Nie zapamiętałeś nic więcej?

— Nie.

— Masz swoje pół suwerena; dostaniesz drugie pół, jak mi doniesiesz coś więcej. Dobranoc.

— Dobranoc panu i dziękuję.

John Clayton wyszedł, uradowany.

— Urwała się trzecia nić! — zawołał Holmes. — To sprytny hultaj! Wiedział, gdzie mieszkam, w jakim interesie sir Henryk przybył do mnie; poznał mnie na Regent-Street; domyślił się, że spostrzegłem numer dorożkarza, że go sprowadzę, i dlatego wymienił moje nazwisko. Powiadam ci, Watson, mamy przeciwnika nielada. Zaszachowano mnie w Londynie. Życzę ci lepszego powodzenia w Devonshire. Mam wyrzuty sumienia, że cię tam posyłam. Sprawa nieczysta. Możemy się śmiać, ale ci powiem, że chciałbym cię już widzieć tutaj z powrotem.

Rozdział VI.
Baskerville Hall

Sir Henryk Baskerville i doktor Mortimer byli gotowi do drogi i w dniu oznaczonym wyruszyliśmy do Devonshire. Sherlock Holmes odwiózł mnie na dworzec i udzielił ostatnich rad i wskazówek.

— Nie będę bałamucił twego własnego sądu, poddając ci moje podejrzenia — mówił. — Pragnę tylko, abyś mi donosił o faktach z największymi szczegółami. Pozostaw mi wysnuwanie z nich wniosków.

— O jakich faktach chcesz wiedzieć? — spytałem.

— Chcę wiedzieć o wszystkiem, co się zdarzy, choćby to napozór nie miało żadnego związku z naszą sprawą; pragnę zwłaszcza poznać stosunki młodego Baskervilla z sąsiedztwem, oraz wszelkie szczegóły, odnośne do śmierci sir Karola. Jedno wydaje mi się pewnem, a mianowicie, że pan Jerzy Desmond, najbliższy spadkobierca, jest człowiekiem bezinteresownym i że nie on był sprawcą morderstwa. Możemy go zupełnie pominąć. Szukajmy wśród najbliższego otoczenia sir Henryka.

— Czy nie należałoby przedewszystkiem pozbyć się małżonków Barrymore?

— Byłoby to wielką nieostrożnością. Jeżeli są niewinni, stałaby się im krzywda; jeśli są winni, ułatwiłoby im to zatarcie śladów. Nie! trzeba ich zatrzymać, ale nie spuszczać z nich oka. Jest tam jeszcze *groom*. Jest dwóch dzierżawców w pobliżu łąki. Jest doktor Mortimer, ale ten wydaje mi się zupełnie uczciwym; jest jego żona, o której nic nie wiemy. Dalej jest pan Frankland z Lafter Hall i jeszcze paru sąsiadów. Tym wszystkim sąsiadom musisz przyglądać się bacznie, aby poznać dokładnie ich charakter, ich cele, upodobania i t. d.

— Uczynię, co tylko w mej mocy.

— Wszak masz broń przy sobie?

— Tak, na wszelki przypadek wziąłem rewolwer.

— Niech cię nie opuszcza we dnie i w nocy; bądź w zbrojnem pogotowiu.

Nasi przyjaciele znaleźli już przedział pierwszej klasy i czekali na platformie.

— Nie mamy żadnych wieści — odparł doktor Mortimer w odpowiedzi na pytanie Holmesa. — Jednego tylko jestem pewien, a to, że nas już nie śledzono przez te dwa dni ostatnie. Wychodziliśmy zawsze pod opieką tajnego policyanta, który nic podejrzanego nie dostrzegł.

— Mam nadzieję, że trzymaliście się panowie razem?

— Prawie ciągle; wczoraj wyjątkowo spędziłem całe popołudnie u sir Henryka w muzeum chirurgicznem — odparł doktor Mortimer.

— Było to wielką nieostrożnością — rzekł Holmes z zadumą. — Proszę cię, sir Henryku, nie wychodź nigdy sam, bo może cię spotkać wielkie nieszczęście. Czy znalazł się drugi but?

— Przepadł z kretesem.

— Do widzenia — mówił Holmes, gdy pociąg ruszył — a pamiętaj, sir Henryku, jedno zdanie z owej legendy: po zachodzie słońca unikaj łąki i przyległego trzęsawiska.

〜

Podróż była przyjemna; czas zeszedł mi na zawiązywaniu bliższej znajomości z moimi towarzyszami i na bawieniu się z pieskiem doktora Mortimera.

Po paru godzinach zazieleniały pola, przez okno wagonu widać było pasące się trzody. Młody Baskerville przyglądał się krajobrazowi z widoczną przyjemnością, zwłaszcza, gdyśmy wjechali w jego rodzinne Devonshire.

— Od chwili, gdym je opuścił, objechałem świat dokoła — mówił — a nie widziałem nigdzie nic podobnego.

— Wszyscy obywatele Devonshire dzielą pańskie zdanie — wtrąciłem. — Żadna okolica nie wzbudza tak wielkiego przywiązania w swoich mieszkańcach, jak ta właśnie.

— To zależy od rasy — tłómaczył doktor Mortimer. — Dość spojrzeć na okrągłą czaszkę sir Henryka, aby poznać, że jest celtyckiego pochodzenia, a Celtowie mają wrodzony zapał i zdolność przywiązywania się do ludzi i kraju. Głowa biednego sir Karola była nawpół galijska, nawpół celtycka. Wszak pan, sir Henryku, opuściłeś Baskerville-Hall w bardzo młodym wieku?

— Miałem zaledwie lat dziesięć, gdy mój ojciec umarł. Zresztą nie znam pałacu, mieszkaliśmy w ustronnym dworku na południowem wybrzeżu. Stamtąd pojechałem wprost do Ameryki. Cały ten kraj jest dla mnie tak obcym i nowym, jak dla doktora Watson, a chciałbym już jaknajprędzej zobaczyć łąkę i przyległe trzęsawisko.

— Pańskie życzenie już się spełniło.

Doktor Mortimer wskazywał nam przez szybę rozległą pustą przestrzeń.

Był to widok smutny, ponury. Baskerville przyglądał mu się ze wzruszeniem, jako pobojowisku, na którem rozegrywały się tragiczne losy jego rodziny.

W jego brwiach ściągniętych, w zarysie ust znać było niezłomną wolę i energię.

Pociąg zatrzymał się przy małej stacyjce. Wysiedliśmy z wagonu. Po drugiej stronie dworca czekał nas amerykan, zaprzężony w dwa rosłe konie.

Nasz przyjazd był widocznie wypadkiem dnia, gdyż obstąpili nas tragarze, a naczelnik stacyi ze swoim sztabem przyglądali nam się ciekawie. Zastanowił mnie widok dwóch rosłych chłopów w mundurach żołnierskich; stali, oparci na karabinach i nie spuszczali z nas oka.

Stangret, o twarzy surowej, powitał sir Henryka ukłonem. Zajęliśmy miejsca w wehikule, konie pomknęły szybko; mijaliśmy schludne fermy, otoczone ogródkami, ale woddali szarzały wciąż oparzeliska.

Amerykan wjechał na boczną drogę; mknęliśmy wśród łąk żyznych i pól uprawnych. Przy każdym zakręcie, ujawniającym nowe horyzonty, Baskerville wydawał ciche okrzyki zachwytu. Minęliśmy lasek dębowy; zeschłe liście uściełały drogę nowemu dziedzicowi. Można to było poczytywać za złą wróżbę …

— Hola! cóż to znaczy? — zawołał doktor Mortimer, gdyśmy wyjechali na pole.

Jak wryty w ziemię, stał żołnierz na koniu, z bagnetem przez ramię.

— Co to znaczy, Perkins? — spytał znowu doktor Mortimer.

Stangret odwrócił się ku nam i rzekł:

— Trzy dni temu, jakiś więzień uciekł z więzienia w Princetown; wszystkie drogi kołowe i wszystkie dworce w pobliżu strzeżone są przez wojsko. Nie podoba się to naszym fermerom.

— Powinni być radzi. Policya płaci dobrze za wiadomości o zbiegach. Można zarobić kilka funtów.

— Ale można też stracić głowę, bo taki nie daruje i gardło poderżnie każdemu, kto policyę na jego trop wsadzi.

— Cóż to za jeden?

— Nazywa się Seldon. Wpakowano go do więzienia za morderstwo w Notting-Hill.

Pamiętałem dobrze tę sprawę, bo Holmes interesował się nią, z powodu niezwykłego okrucieństwa mordercy. Złagodzono mu karę śmierci na dożywotnie więzienie: został uznany niepoczytalnym; sędziowie nie mogli uwierzyć, aby dopuścił się tak potwornej zbrodni, będąc przy zdrowych zmysłach.

Nasz amerykan toczył się teraz brzegiem trzęsawiska, najeżonego wysokiemi kamieniami. Widok był groźny. Nawet sir Henryk przestał się zachwycać krajobrazem.

Żyzna okolica pozostała za nami; mieliśmy przed sobą ziemię szarą, jałową, zrzadka ukazywała się ludzka siedziba, opasana murem z kamieni. Wreszcie wjechaliśmy w jar głęboki; roztoczyła się znowu zieleń drzew, a w oddali ukazały się dwie strzeliste wieże. Stangret wskazał biczem.

— To Baskerville Hall — oznajmił.

Pan tej rezydencyi, z roziskrzonemi oczyma przyglądał się swojej siedzibie.

W parę minut potem wjeżdżaliśmy już w pałacową bramę, staroświecką, sklepioną; po chwili ukazał nam się gmach, przebudowany za południowo-afrykańskie złoto sir Karola.

Turkot kół zamierał na zwiędłych liściach, stare drzewa tworzyły tunel nad naszemi głowami. Baskerville drgnął, widząc tę aleję.

— Czy to było tutaj? … — spytał półgłosem.

— Nie; Aleja Wiązów jest po drugiej stronie — objaśnił go doktor Mortimer.

— Nie dziw, że stryj miewał złe przeczucia. Ten liściasty tunel może najodważniejszego człowieka przejąć strachem. Oświecę go lampami elektrycznemi. Za pół roku ten dziedziniec będzie nie do poznania.

Minęliśmy ciemną aleję, i szerokim, wzniesionym podjazdem zajechaliśmy przed pałac.

Środkowy korpus ozdobiony był wspaniałym portykiem; po bokach wznosiły się wieże, średniowieczne, zębate, ze strzelnicami.

— Witaj nam, sir Henryku! Witaj w domu swych przodków w Baskerville-Hall!

Z temi słowami pod portyk wyszedł mężczyzna wysoki, blady, i otworzył drzwiczki amerykana. Po za nim stała kobieta; pomagała mu wyjmować kuferki.

— Pozwoli pan, że, nie zsiadając, odjadę do domu — rzekł doktor Mortimer. — Czeka na mnie żona.

— Jakto? Nie chce pan zostać na obiad?

— Chętniebym został i oprowadził pana po tej rezydencyi, ale Barrymore spełni to lepiej odemnie. Muszę wracać. Dowidzenia! A proszę pamiętać, że jestem na pańskie usługi o każdej porze dnia i nocy.

Amerykan potoczył się znowu ciemną aleją. Sir Henryk przestąpił próg, ja za nim.

Znaleźliśmy się w ogromnej, sklepionej sieni, z wiązaniami z belek dębowych. W staroświeckim kominku płonął ogień. Obaj wyciągnęliśmy ręce zziębnięte, a rozgrzawszy się, wodziliśmy oczyma po ścianach, zawieszonych zbrojami, strzelbami i myśliwskimi trofeami.

— Tak sobie właśnie wyobrażałem tę siedzibę — mówił sir Henryk. — Typowa rezydencya angielskiego szlachcica. Gdy pomyślę, że moi przodkowie żyli tu przez pięć wieków, ogarnia mnie dziwne wzruszenie.

Barrymore, zaniósłszy kuferki do naszych pokojów, wrócił i stał przy drzwiach, jako wytrawny służbista, nie chcąc przerywać naszej rozmowy.

Był to mężczyzna lat średnich, niezwykłej urody, o twarzy bladej, z dużą czarną brodą i regularnymi rysami.

— Czy jaśnie pan każe podać obiad? — zapytał.

— Już gotów?

— Gotów. Jaśnie pan znajdzie wodę ciepłą w swojej ubieralni. Moja żona i ja będziemy starali się dogadzać jaśnie panu, dopóki nie znajdzie nowej służby.

— Więc chcecie mnie opuścić?

— Warunki zmieniły się. My dwoje wystarczaliśmy sir Karolowi, ale jaśnie pan zechce zapewne żyć dworniej, przyjmować gości i będzie potrzebował więcej służby.

— Więc chcecie mnie opuścić? — powtórzył sir Henryk. — Wszak twoja rodzina służyła mojej przez kilka pokoleń. Przykroby mi było rozpoczynać nowe życie od zrywania tak dawnego stosunku.

Zdało mi się, że dostrzegam wzruszenie na chłodnej twarzy kamerdynera.

— I nam będzie przykro — odparł — ale byliśmy oboje bardzo przywiązani do sir Karola; jego śmierć wstrząsnęła nas do głębi. Ten dom budzi w nas tak smutne wspomnienia, że wolelibyśmy go opuścić.

— Cóż zamierzacie uczynić?

— Chcielibyśmy rozpocząć jakiś interes. Hojność sir Karola dostarczyła nam środków po temu. Może jaśnie pan zechce obejrzeć swoją rezydencyę.

Nad sienią była oszklona galerya. Prowadziły do niej podwójne schody. Z tej galeryi wychodziły dwa korytarze, wiodące do pokojów sypialnych. Mój, przylegał do sypialni sir Henryka. Ta część domu była widocznie przybudowana: pokoje jasne, urządzone nowocześnie, zaopatrzone we wszelkie wygody.

Za chwilę zeszliśmy do jadalni. Była to komnata wysoka, staroświecka, przedzielona na dwie części: w jednej, do której wchodziło się po trzech schodkach, za dawnych czasów jadali suzerenowie, zaś w niższej — wasale. Sklepione sufity nadawały jeszcze powagi tej komnacie, która przy świetle pochodni, wśród gwaru uczty, bywała nieraz jasną i wesołą, ale teraz, w blasku lampy, przyświecającej dwom gentlemanom we frakach, wydawała się anachronizmem.

Wszystkie cztery ściany były ozdobione wizerunkami przodków, poczynając od rycerzy z czasów Elżbiety, a kończąc na przedostatnim właścicielu Baskerville-Hall.

Mówiliśmy mało i przyznam, że byłem rad, gdy obiad skończył się i mogliśmy wyjść do bilardowego pokoju na cygaro.

— Niezbyt wesoła rezydencya ... — rzekł sir Henryk. — Przypuszczam, że można się do niej przyzwyczaić, ale na razie czuję się nieswój. Nic dziwnego, że mój stryj stał się dziwakiem. Połóżmy się wcześniej. Może jutro, przy blasku słonecznym, te komnaty przedstawią nam się weselej.

Przed udaniem się na spoczynek, podniosłem roletę i wyjrzałem przez okno. Widok był na trawnik przed portykiem. Pośrodku stały dwa dęby, miotane wiatrem, Księżyc, w ostatniej kwadrze, przeświecał blado przez chmury. Zdala widniały nagie skały, a po za niemi trzęsawisko.

Spuściłem roletę, nie chcąc patrzeć dłużej na ten ponury krajobraz.

Byłem zmęczony, a jednak usnąć nie mogłem; obracałem się z boku na bok. Na dole zegar wybijał kwadranse, po za tem panowała cisza grobowa.

Nagle przerwał ją płacz niewieści. Usiadłem na łóżku i począłem nasłuchiwać. Przez pół godziny czekałem w natężeniu, ale oprócz płaczu nie usłyszałem nic zgoła.

Rozdział VII.
Stapleton z Merripit-House

Świeżość następnego poranka rozproszyła smutne wrażenie, jakie na nas obu wywarła rezydencya Baskervillów. W świetle promieni słonecznych, ślizgających się po starych zbrojach, sala jadalna wydała nam się weselszą, gdyśmy zasiedli do śniadania.

— Widzę że to była wina naszego usposobienia, nie zaś dworu — mówił baronet. — Byliśmy wczoraj zmęczeni drogą, zziębli, więc wszystko ukazywało nam się w ponurem świetle. Dziś jesteśmy rzeźwi, wypoczęci, to też dom wydaje nam się weselszym.

— A jednak nie wszystko było grą wyobraźni — odparłem. — Czy pan słyszał wczoraj płacz?

— Istotnie, zdawało mi się, że słyszę zawodzenie żałosne. Natężyłem słuch, ale płacz ustał; więc byłem pewien, że mi się śniło.

— Ja słyszałem płacz najwyraźniej i mógłbym ręczyć, że płakała kobieta.

— Trzeba to sprawdzić — oświadczył sir Henryk.

Zadzwonił na Barrymora i spytał go o wyjaśnienie tej zagadki. Zdało mi się, że blada twarz kamerdynera zbladła jeszcze bardziej.

— W domu są tylko dwie kobiety — odparł. — Mleczarka, która śpi w drugiem skrzydle i moja żona. Co do mojej, mogę ręczyć, że nie płakała.

A jednak, mówiąc to, kłamał.

Po śniadaniu, spotkałem mrs. Barrymore w sieni. Słońce padało na jej twarz chłodną, płaską i brzydką. Duże, wyraziste oczy były zaczerwienione; spojrzała na mnie z pod zapuchłych powiek.

A więc to ona płakała wśród nocy; mąż wiedział o tem napewno. Jednak zaprzeczył nam. Jaki miał w tem cel? Dlaczego ona płakała?

Ten blady mężczyzna z czarną brodą wydawał mi się podejrzanym. On pierwszy znalazł trupa sir Karola; o okolicznościach, towarzyszących jego śmierci wiedzieliśmy tylko to, co Barrymore opowiadał. Zaczynałem przypuszczać, że to on, Barrymore, ukrywał się w dorożce i śledził sir Henryka. Broda była podobna. Wprawdzie według rysopisu dorożkarza, rzekomy Sherlock Holmes był niższego wzrostu, lecz rysopisy bywają niedokładne.

Trzeba było tę rzecz sprawdzić. Ale w jaki sposób? Przedewszystkiem należało dowiedzieć się od pocztmistrza w Grimpen, czy telegram został oddany do własnych rąk Barrymora.

Po południu sir Henryk chciał załatwić korespondencyę; mogłem udać się do Grimpen. Był to spacer niedaleki, droga wiodła brzegiem trzęsawiska.

W Grimpen były tylko dwie murowane budowle: austerya i dom doktora Mortimera. Pocztmistrz utrzymywał jednocześnie sklepik korzenny.

— Naturalnie — odparł na moje pytanie — depesza została wręczona panu Barrymore, stosownie do życzenia.

— Kto ją wręczył?

— Mój chłopak. Słuchaj-no, James, wszak w zeszłym tygodniu oddałeś telegram do rąk pana Barrymore w Baskerville-Hall?

— Tak, ojcze.

— Do rąk własnych? — spytałem.

— Był wtedy na strychu, więc nie mogłem oddać mu do rąk, ale wręczyłem depeszę jego żonie, która powiedziała, że ją zaraz zaniesie mężowi.

— Czy widziałeś pana Barrymore?

— Nie, proszę pana; mówiłem już, że był na strychu.

— Jeżeliś go nie widział, to skądże wiesz, że był na strychu?

— Jego własna żona musiała chyba wiedzieć, gdzie się obraca — wtrącił pocztmistrz. — Czyżby nie dostał depeszy? Jeżeli zaszła pomyłka, niech sam Barrymore wniesie skargę.

Na nicby się zdały dalsze pytania. Mimo wybiegu Holmesa, nie pozyskaliśmy pewności, że Barrymore nie był wtedy w Londynie. On, który ostatni widział sir Karola żywym, chciał może pierwszy zobaczyć swego nowego pana.

Ale jaki mógł mieć cel w prześladowaniu rodziny Baskerville?

Przypomniała mi się dziwna przestroga, wycięta ze wstępnego artykułu *Timesa*. Kto ją przesłał? On, czy też ktoś, kto chciał pokrzyżować jego plany?

Może kamerdyner chciał zabezpieczyć sobie w dalszym ciągu spokojne i niezależne stanowisko w pałacu, w którym podczas nieobecności właścicieli był prawdziwym panem? ...

Ale taki cel byłby niedostateczną pobudką do zbrodni.

Sam Holmes powiadał, że nigdy jeszcze nie zdarzyła mu się sprawa tak zawiła. Pragnąłem już jak najprędzej oddać ją w ręce mego przyjaciela.

Tok moich myśli został przerwany odgłosem kroków. Ktoś biegł za mną i wołał mnie po nazwisku.

Odwróciłem się, pewien, że ujrzę doktora Mortimer, lecz ku mojemu zdziwieniu, zobaczyłem nieznajomego.

Był to mężczyzna niewielkiego wzrostu, o twarzy wygolonej, o włosach ciemnych, gładko przyczesanych; mógł mieć lat trzydzieści parę do czterdziestu. Przez ramię zwieszała mu się puszka, w jednej ręce niósł siatkę do łowienia owadów.

— Daruje mi pan moją natarczywość, doktorze Watson — rzekł, podbiegając do mnie zdyszany — ale tu, na tych piaskach, żyjemy bez ceremonii. Prezentacye odbywają się naturalnie. Słyszał pan już o mnie od naszego wspólnego przyjaciela, doktora Mortimer. Jestem Stapleton z Merripit House.

— Poznałbym pana po siatce — odparłem, bo wiadomo mi, że pan Stapleton jest naturalistą — ale w jaki sposób pan mnie poznał?

— Byłem u Mortimera i pokazał mi pana przez okno. Ponieważ idę w tę samą stronę, więc dogoniłem pana. Czy sir Henryk już wypoczął po podróży?

— Najzupełniej.

— Obawialiśmy się tu wszyscy, że nowy baronet, po tragicznej śmierci sir Karola, nie zechce zamieszkać tutaj. Spełnia ofiarę, zagrzebując się w takiem ustroniu; ale okolica na tem zyska i powinna mu być wdzięczna. Spodziewam się, że sir Henryk nie żywi przesądnych obaw?

— Jest na to zbyt rozumny.

— Ma się rozumieć, słyszałeś już pan legendę o psie, prześladującym tę rodzinę?

— Słyszałem.

— To dziwna, jak tutejsi włościanie są łatwowierni: każdy z nich gotów przysiądz, że widział psa na własne oczy.

Pan Stapleton mówił to z uśmiechem, ale z oczu jego było widać, że przywiązuje wiarę do tych pogłosek.

— Owa legenda oddziałała na wyobraźnię sir Karola — ciągnął dalej — i pewien jestem, że sprowadziła śmierć nagłą.

— W jaki sposób?

— Sir Karol był tak zdenerwowany, że ukazanie się psa mogło go zabić. Zdaje mi się, że ujrzał istotnie jakieś dziwne stworzenie w Alei Wiązów ... Obawiałem się zawsze anewryzmu serca, bo byłem bardzo do niego przywiązany.

— Skąd pan wiedział o wadzie serca?

— Od mego przyjaciela, doktora Mortimer.

— Zatem sądzisz pan, że jakiś pies ścigał sir Karola i że biedak zmarł skutkiem strachu?

— Czy pan znasz jaki inny powód śmierci?

— Dotychczas nie wyprowadzam wniosków.

— A pan Sherlock Holmes czy wyraził już swój pogląd na tę sprawę?

Zdziwiło mnie takie pytanie. Można je było wziąć za zasadzkę, ale twarz mówiącego była chłodna i obojętna, więc moje podejrzenia musiały pierzchnąć.

— Nie dziw, że znam pańskie stosunki ze słynnym detektywem — rzekł pan Stapleton. — Wszak wiadomo powszechnie, iż jesteście w przyjaźni ze sobą. Gdy doktor Mortimer wymienił mi pańskie nazwisko; domyśliłem się odrazu, że pan Sherlock Holmes wziął w swoje ręce tę sprawę i że pan tu przybyłeś z jego ramienia. Rzecz naturalna, że chciałbym się dowiedzieć, co pan Sherlock Holmes o tem myśli.

— Nie potrafię pana objaśnić w tym względzie.

— Czy zamierza odwiedzić naszą okolicę?

— Chwilowo nie może opuścić Londynu; ważniejsze sprawy pochłaniają jego czas i uwagę.

— Szkoda wielka! Możeby wyświetlił tę tajemnicę ... Gdybyś pan potrzebował wskazówek, gotów jestem służyć. Może mi pan powie, w jaki sposób zamierzasz pan prowadzić sprawę, a kto wie, czy nie mógłbym udzielić panu pomocy ...

— Przybyłem tu w odwiedziny do mego przyjaciela, sir Henryka, i nie potrzebuję żadnej pomocy.

— Jesteś pan ostrożny. To się chwali! — rzekł Stapleton — a ja zostałem ukarany za natręctwo i nie ponowię już propozycyi, uczynionej ze szczerego serca i w najlepszej chęci.

Doszliśmy do ścieżki, wiodącej przez piaski i trzęsawiska. Na prawo sterczał odłam skały; po za nią, w pewnej odległości, unosił się dym z komina.

— Ta ścieżka prowadzi do Merripit-House — rzekł Stapleton. — Może mnie pan zechce zaszczycić swojemi odwiedzinami?

Miałem ochotę odmówić ze względu na sir Henryka, ale przypomniałem sobie, że jest zajęty korespondencyą; nie mogłem mu dopomódz, a z drugiej strony, Holmes kazał mi poznawać sąsiedztwo. Więc przyjąłem zaproszenie pana Stapleton i weszliśmy razem na ścieżkę.

— Dziwne to trzęsawisko — mówił, wskazując mi olbrzymią płaszczyznę, pokrytą piaskami i trawą — dla nieoswojonego oka wydaje się monotonnem i smutnem, ale kto się przyzwyczai do tych fal piaszczystych; dla tego mają one urok nieprzeparty, a zawierają tyle tajemnic! …

— Pan je zgłębiłeś?

— Mieszkam tu od lat dwóch zaledwie. Tutejsi mieszkańcy mogliby mnie nazwać obcym przybyszem. Osiedliliśmy się tutaj wkrótce po przybyciu sir Karola, ale moje upodobania przyrodnicze skłaniają mnie do ciągłych wędrówek, to też poznałem każdą niemal piędź ziemi. Sądzę, że nikt tutaj nie zna jej lepiej odemnie.

— Czy okolica jest tak trudną do poznania?

— Bardzo trudną. Widzisz pan, naprzykład, tę rozległą równinę na północ, obramowaną wzgórzami. Czy dostrzegasz pan co niezwykłego?

— Widzę, że możnaby galopować po tej równinie.

— Wielu już przypłaciło życiem taką chętkę. Czy widzisz pan zielone plamy, któremi usiana jest ta płaszczyzna?

— Są to zapewne kępki traw.

Stapleton roześmiał się.

— To tak zwane Grimpen-Mire, błota nieprzebyte. Jeden krok fałszywy, a śmierć pewna. Niedalej, jak wczoraj, widziałem na własne oczy, jak zapadł w nie młody źrebak. Pochłonęło go trzęsawisko. Niebezpiecznie jest zapuszczać się tutaj nawet wśród letniej suszy, ale podczas jesiennych roztopów miejsce to jest cmentarzem, a jednak potrafię przejść i wrócić bezpiecznie przez sam środek bagna. Widzisz pan? … znowu jakiś źrebiec ugrzązł w błocie …

Istotnie dostrzegłem coś szamocącego się; po chwili wysunęła się długa szyja i rozległ się okrzyk przeraźliwy. Drgnąłem. Mój towarzysz był chłodniejszy odemnie.

— Już po nim! — rzekł. — Pochłonęło go bagno. Dwóch źrebców w dwa dni! Niebezpiecznie zapuszczać się na te trzęsawiska.

— Pan jednak przebywa je bez szwanku? — wtrąciłem.

— Tak; po długich wędrówkach znalazłem parę ścieżek bezpiecznych.

— Co panu zależało na przebyciu tych błot?

— Widzi pan te wzgórza woddali? To jak wyspy, odcięte od świata. Rosną tam rzadkie krzewy i fruwają niezwykłe motyle. Warto się trudzić po takie okazy.

— I ja spróbuję.

Spojrzał na mnie ze zdziwieniem.

— Niechże pana Bóg strzeże od takich prób! Miałbym pańskie życie na sumieniu! — zawołał. — Pan nie wróciłbyś z tej wycieczki. Mnie za drogowskaz służą rośliny.

— Cóż to takiego? … — zawołałem.

Z oddali doleciało jakby szczekanie. Niepodobna było zmiarkować, skąd płynie ten głos okropny.

Stapleton spojrzał na mnie z zagadkowym wyrazem twarzy.

— Dziwne te bagna, prawda? — rzekł jakby z dumą.

— Co to takiego? — spytałem.

— Włościanie powiadają, że to pies Baskervillów upomina się o zdobycz. Słyszałem ten głos parę razy, ale nigdy jeszcze tak wyraźnie, jak dzisiaj.

Dokoła nie było widać żadnego żywego stworzenia.

— Jesteś pan człowiekiem wykształconym. Wszak pan nie wierzysz w przesądy? Jakże pan tłómaczy sobie te głosy? — spytałem.

— Stwardniałe błoto, pękając, wydaje czasem takie jęki — odparł.

— Nie, nie; to był głos żywego stworzenia.

— Czyś pan kiedy słyszał wabienie błotnego ptaka, zwanego bąkiem?

— Nie.

— To okaz, zaginiony już, ale przetrwał może tutaj. Wszystko możliwe na takich bagnach. Nie zdziwiłbym się, gdyby ten głos był wabieniem ostatniego bąka w Europie.

— Bądź co bądź, w życiu mojem nie słyszałem podobnego dźwięku.

— Tak, to pustkowie zawiera dużo dziwnych rzeczy. Spojrzyj pan na to wzgórze. Co pan dostrzegasz?

Cały stok był usiany okrągłemi, foremnemi kamieniami.

— Co to takiego? — spytałem.

— To siedziby naszych czcigodnych przodków. Człowiek przedhistoryczny zaludniał gęsto te bagna, a ponieważ od tych czasów nikt tu nie mieszkał, ich jaskinie pozostały nietknięte. Widzi się tam łoża, stołki, misy …

— Z jakiej epoki?

— Neolitycznej zapewne.

— Cóż ci ludzie robili?

— Paśli trzody na stokach gór, osuszali bagna, wyrabiali broń i sprzęty z kamienia. Tak, to bagno jest ciekawą kartą dziejową. Ale przepraszam pana …

Stapleton urwał nagle i podążył za jakimś rzadkim okazem motyla. Ścigał go zapamiętale, podskakiwał, kręcił się wkółko.

Ubawiony tem przyrodniczem *intermezzo*, postanowiłem czekać na rezultat pościgu. Wtem doleciał mnie znowu odgłos kroków. Obejrzałem się i zobaczyłem kobietę, zdążającą ku mnie.

Szła od strony Merripit-House. Domyśliłem się odrazu, że to jest miss Stapleton, bom słyszał o jej niepospolitej urodzie. Jakoż nawet w stolicy taka piękność musiałaby zwrócić uwagę a olśniewała wprost na tem pustkowiu. Byłem tembardziej zdumiony, że miss Stapleton stanowiła zupełny kontrast ze swoim bratem. O ile on był blady, szczupły, o tyle ona wspaniale rozwinięta; o ile on niepozorny, o tyle ona wytworną. On miał włosy i oczy szare, płeć wyblakłą — ona była brunetką tak silną, że podobnych nie widuje się w Anglii. Miała rysy nadzwyczaj regularne, oczy ogniste, usta prześlicznie wykrojone i płeć z gorącym rumieńcem. Wydawała się, jakby cudownem, nadprzyrodzonem zjawiskiem na tle ponurego krajobrazu. Oczy jej biegły niespokojnie za bratem, przyśpieszyła kroku i zrównała się ze mną. Uchyliłem kapelusza i chciałem się przedstawić, lecz nie dała mi dojść do słowa.

— Wyjeżdżaj pan stąd! … — szepnęła. — Wracaj natychmiast do Londynu ….

Spojrzałem na nią ze zdumieniem. Oczy jej pałały, nóżka uderzała o ziemię.

— Po co mam wracać? — zagadnąłem.

— Nie mogę panu tego wytłómaczyć — odparła głosem przyciszonym — ale na miłość Boską, zastosuj się pan do mojej rady. Wyjedź pan stąd i nigdy tu nie wracaj.

— Ależ ja zaledwie przyjechałem …

— Dlaczego pan nie chce zrozumieć, że ta przestroga ma pańskie dobro na względzie? Raz jeszcze powtarzam: wracaj pan do Londynu zaraz, dziś wieczorem. Opuść to strony. Cicho! … Mój brat nadchodzi. Nie mów mu pan o tem ani słowa … Proszę mi zerwać parę storczyków z tej kępy traw — rzekła innym zupełnie głosem. — Mamy dużo dzikich storczyków. Lubię ten kwiat.

Stapleton zaniechał pościgu i wracał zdyszany.

— Skądże się tu wzięłaś, Beryl? — rzekł ostro.

— Widzę, że jesteś zmęczony — zagadnęła.

— Tak, goniłem motyla. Piękny okaz; spotyka się go rzadko, zwłaszcza na jesieni.

Mówił to lekko, ale patrzał na siostrę badawczo i groźnie.

— Zapoznaliście się, państwo, jak widzę — rzekł. — Prezentacya już zbyteczna.

— Tak; prosiłam właśnie sir Henryka, żeby zerwał dla mnie parę storczyków.

— Więc bierzesz pana …

— Sadziłam, że to sir Henryk Baskerville — wtrąciła.

— Pani się myli — rzekłem. — Jestem tylko jego przyjacielem. Nazywam się Watson.

Rumieniec oblał jej śliczną twarzyczkę. Była widocznie zmieszana.

— Zaszło nieporozumienie … — rzekła.

— Nie mieliście przecież dużo czasu na rozmowę — wtrącił jej brat, przeszywając ją wzrokiem badawczym.

— Mówiłam do doktora Watson, jak do stałego mieszkańca tych stron, nie zaś do gościa. Ale może pan zechce nas odwiedzić w Merripit-House?

Przyjąłem zaproszenie. Droga była niedaleka, wiodła brzegiem łąki. Dom, przerobiony widocznie ze starej fermy, wznosił się wśród drzew niewielkich, otoczony był murowanym parkanom; wyglądał smutno i ponuro.

Otworzył nam drzwi stary, mrukliwy służący. Mieszkanie było obszerne, w urządzeniu znać było rękę kobiecą. Patrząc przez okno na te bagna, usiane kamieniami, zastanawiałem się, co mogło skłonić tak wykształconego mężczyznę i tak piękną kobietę do obrania tutaj siedziby.

— Dziwisz się pan zapewne, że rozpięliśmy tutaj namioty? — rzekł Stapleton, jakby w odpowiedzi na moje myśli. — A jednak dobrze nam i czujemy się szczęśliwi. Prawda, Beryl?

— Zupełnie szczęśliwi — potwierdziła, bez zapału.

— Miałem szkołę w jednem z hrabstw północnych — mówił Stapleton — ale ten rodzaj pracy nie odpowiadał mojemu temperamentowi, chociaż obcowanie z dziećmi, urabianie ich umysłów, miało dla mnie dużo uroku. Losy popchnęły mnie jednak na inną drogę. Wybuchła epidemia. Ofiarą jej padło trzech chłopców z mojej szkoły; ucierpiała skutkiem tego na opinii i nie mogła już utrzymać się dalej. Naraziło mnie to na dużą stratę pieniężną; ale żal mi tylko zmarłych dzieci; dla siebie nie żałuję tego, bo mam czas oddawać się moim ulubionym badaniom i znalazłem tu obfite pole do studyów nad botaniką i zoologią. Siostra dzieli moje upodobania przyrodnicze. Mówię to, żeby panu ułatwić rozwiązanie zagadki, nad którą pan zastanawiał się, patrząc na oparzeliska.

— Dziwiłem się istotnie, że państwo obrali tę okolicę, w której pobyt musi być smutny, zwłaszcza dla pani.

— Jest mi tu dobrze — oświadczyła.

— Mamy książki, mamy nasze zajęcia naukowe, zresztą mamy sąsiadów. Doktor Mortimer jest człowiekiem uczonym w swoim zakresie, biedny sir Karol był miłym towarzyszem. Widywaliśmy go często, i jego śmierć była dla nas ciosem. Jak pan uważa, czy bez natręctwa, mógłbym złożyć dziś wizytę sir Henrykowi?

— Jestem pewien, że będzie panu rad.

— A więc odwiedzę go popołudniu. Pragnąłbym, o ile możności, uprzyjemnić mu pobyt w tych stronach, zanim przywyknie do ponurej okolicy. Może pan zechce obejrzeć mój zbiór motyli? Sądzę, że niema obfitszego w całej Anglii południowej.

Nie mogłem przyjąć zaproszenia; pilno mi już było do mego towarzysza. Balem się o niego, byłem mimowoli pod wrażeniem smutnego krajobrazu, a zapewne i ostrzeżeń miss Stapleton, wypowiedzianych tak poważnie, uroczyście niemal, że musiały osłaniać jakąś tajemnicę. To też, mimo naglących zaprosin na śniadanie, pożegnałem rodzeństwo i wracałem do dworu tą samą ścieżką.

Musiała być jednak inna krótsza droga, bo zanim doszedłem do gościńca, ku wielkiemu mojemu zdziwieniu ujrzałem miss Stapleton, siedzącą na kamieniu przy drodze.

— Wybiegłam naprzód, aby pana tu spotkać, nie wzięłam nawet kapelusza — mówiła zdyszana. Chcę pana prosić, abyś zapomniał moje słowa. Nie tyczyły się pana.

— Nie mogę ich zapomnieć, miss Stapleton — odparłem. — Jestem przyjacielem sir Henryka, chodzi mi o jego bezpieczeństwo. Niechże mi pani wytłómaczy, dlaczego radzisz mu pani opuścić te strony i wracać do Londynu?

— To był kaprys kobiecy, doktorze Watson. Gdy mnie pan poznasz, przekonasz się, że nie zawsze umiem wytłómaczyć pobudki moich słów i czynów.

— Nie, nie, pamiętam, jak głos pani drżał, pamiętam, jak pani na mnie patrzała z trwogą. Na miłość Boską, bądź ze mną szczera, miss Stapleton. Od pierwszej chwili, gdym zawitał w te strony, czuję coś złowróżbnego w powietrzu. Stąpamy jakby po owych zielonych kępach na bagnie, lada chwila możemy w nich utonąć, a nikt nie chce nam wskazać, gdzie jest niebezpieczeństwo. Powiedz mi pani, co znaczyły jej słowa, a wzamian obiecuję, że je powtórzę sir Henrykowi.

Na twarzy miss Stapleton odbiło się wahanie, ale trwało krótko.

— Przywiązujesz pan zbyt wielką wagę do moich słów — odrzekła. Oboje z bratem zmartwiliśmy się bardzo śmiercią sir Karola. Odwiedzał nas często, mówił z przejęciem o klątwie, ciążącej nad jego rodem. Nie dziw, że po jego tragicznej śmierci gotowa byłam uwierzyć w słuszność jego obaw, a widząc jego spadkobiercę, przedstawiciela tejże rodziny, uważałam sobie za obowiązek przestrzedz go o możliwem niebezpieczeństwie. To był jedyny cel moich słów.

— Ale na czem owe niebezpieczeństwo polega?

— Słyszałeś pan legendę o psie?

— Nie wierzę w te brednie.

— Ale ja wierzę. Jeżeli pan ma wpływ na sir Henryka, wywieź go pan z tej okolicy. Świat szeroki. Dlaczego sir Henryk ma koniecznie mieszkać tutaj, gdzie mu grozi niebezpieczeństwo?

— Dlatego właśnie, że grozi. Taki już jego charakter. Jeżeli pani nie może przytoczyć mi ważniejszego powodu, to tym argumentem nie zdołam go skłonić do opuszczenia Baskerville-Hall.

— Nie mogę przytoczyć innego powodu, bo żadnego innego nie znam.

— Jeszcze jedno pytanie, miss Stapleton. Jeżeli w słowach pani nie było ukrytego znaczenia, to dlaczego nie chciałaś, aby je brat usłyszał?

— Mój brat pragnie, żeby dwór był zamieszkany, bo sądzi, że obecność właściciela jest konieczną dla dobra okolicy. Gniewałby się na mnie, gdyby wiedział, że radzę sir Henrykowi opuścić te strony. Spełniłam swój obowiązek i nic już więcej nie dodam. Muszę wracać, bo brat domyśli się, żem rozmawiała z panem. Dowidzenia!

Odeszła, pozostawiając mnie na pastwę obaw i niepokojów o sir Henryka.

Rozdział VIII.
Pierwsze sprawozdanie doktora Watson

Od owego punktu będę przepisywał moje własne listy do Sherlocka Holmes, albowiem odtwarzają owe wypadki, myśli i podejrzenia z większą dokładnością, niż moja pamięć.

Baskerville-Hall, 13 października.

Kochany Holmes! Moje poprzednie listy i depesze powiadamiały cię dokładnie i szczegółowo o wszystkiem, co się działo w tym ponurym zakątku.

Im dłużej tu bawię, tem bardziej czuję się smutny i zaniepokojony. Te bagna rzucają cień na duszę. Zdaje mi się, żem się przeniósł nietylko do innego kraju, ale i w inną epokę, że żyję w czasach przedhistorycznych.

Kamienne siedziby naszych przodków zasiewają gęsto oparzelisko, i dziwić się należy, dlaczego oni osiedlali się w tych bagnach? Przypuszczam, że to był szczep tchórzliwy, stroniący od wojowniczych sąsiadów, a trzęsawisko było najpewniejszą przeciw nim warownią.

Te hypotezy nie mają jednak nic wspólnego z mojem posłannictwem i nie zaciekawią twojego praktycznego umysłu. Wiem, jak ci jest obojętnem, czy ziemia obraca się dokoła słońca, czy też dzieje się odwrotnie. Wracam do faktów, tyczących się sir Henryka Baskerville.

Jeżeliś nie otrzymywał sprawozdań przez parę dni ostatnich, to tylko dlatego, że do dziś nie było o czem pisać. Dzisiaj zdarzyła się okoliczność niezwykła, lecz zanim ci ją opowiem, muszę cię obznajmić z innemi stronami sytuacyi.

Wspomniałem ci już o zbiegłym więźniu, który się ukrywa wśród bagien. Według wszelkiego prawdopodobieństwa, opuścił już te strony, co jest pożądanem dla mieszkańców, żyjących na pustkowiu.

Dwa tygodnie już minęło od jego ucieczki, a dotychczas nikt go nie widział i nikt o nim nie słyszał. Łatwo wprawdzie ukryć się na tem trzęsawisku, usianem głazami, które służyły za schronienie przedhistorycznemu człowiekowi, ale niema tam żadnego pożywienia; sądzimy zatem, że uciekł, a okoliczni fermerzy zaczynają nabierać otuchy.

W pałacu jest nas czterech silnych mężczyzn; możnaby się obronić w danym razie; ale przyznaję, żem się obawiał o Stapletonów. Mieszkają na zupełnem pustkowiu, o parę mil od ludzkich siedzib, trzymają tylko służącego i kucharkę. Brat jest wątły i niezbyt silny, siostra, jakkolwiek rosła i dobrze zbudowana, nie mogłaby stawić oporu takiemu zbójowi. Gdyby ich napadł, byliby na jego łasce i niełasce. Sir Henryk jest o nich zatrwożony; dawał im na wszelki wypadek *grooma* Perkinsa, ale Stapleton odmówił stanowczo.

Nasz baronet zaczyna interesować się żywo piękną sąsiadką. Nic dziwnego, że wśród życia tak jednostajnego szuka rozrywki, a dziwić się można tem mniej, że panna prześliczna. Jest w niej coś gorącego, podzwrotnikowego; sprzeczność pomiędzy nią a chłodnym, brzydkim bratem — zdumiewająca. Chociaż i on robi wrażenie wulkanu, przysypanego popiołami. Ma widocznie wielki wpływ na siostrę; zauważyłem, że miss Beryl, mówiąc, spogląda wciąż na niego, jak gdyby szukała aprobaty. On ma w oczach groźne błyski, a zacięte usta zdradzają naturę twardą i nieubłaganą. Byłby ciekawem studyum dla ciebie.

Złożył wizytę Baskervillowi nazajutrz po naszym przyjeździe, a zaraz następnego poranku zaprowadził nas na miejsce, wsławione legendą o okrutnym Hugonie. Jest to daleka, kilkomilowa wycieczka przez łąkę i trzęsawiska, a miejsce samo tak ponure, że mogło natchnąć pomysłem do krwawej legendy. Sterczą na niem dwa olbrzymie, spiczaste głazy; sir Henryk był wzruszony i kilkakrotnie zapytywał Stapletona, czy doprawdy wierzy w oddziaływanie sił nadprzyrodzonych na bieg naszego życia.

Pytał wesoło, ale było widać, że bierze tę rzecz poważnie. Stapleton był ostrożny w odpowiedziach, ale można było poznać, że powstrzymuje się od wyrażenia swoich myśli ze względu na spokój baroneta. Opowiedział nam kilka wypadków, w których starożytne rody były prześladowane przez jakąś siłę nieczystą i zostawił nas pod wrażeniem, że przywiązuje wiarę do owej legendy.

Wracając z tej wycieczki, zaprosił nas na śniadanie do Merripit-House i wtedy sir Henryk poznał miss Stapleton. Od pierwszej chwili zrobiła na nim wielkie wrażenie, a jeśli się nie mylę, było zobopólne. Od owego dnia, baronet bywa tam codzień. Dzisiaj zaprosił na obiad rodzeństwo. Możnaby sądzić, że taki maryaż powinien być mile widzianym przez Stapletona, jednak spostrzegam niezadowolenie na jego twarzy, ilekroć sir Henryk zbliża się do jego siostry, lub okazuje swój zachwyt. Tłómaczę to sobie egoistycznem przywiązaniem, bo życie przyrodnika na tem pustkowiu byłoby jeszcze smutniejsze, gdyby go nie opromieniała miss Beryl. Wątpię, czy Stapleton posunie tak dalece egoizm, aby się sprzeciwić temu świetnemu małżeństwu, choć widocznie nie życzy sobie zażyłości pomiędzy siostrą a baronetem; parę razy przeszkadzał im w rozmowie sam na sam.

Bądź co bądź, trudno mi będzie teraz spełnić twoje polecenie: abym nigdy nie opuszczał sir Henryka. Sprzykrzyłbym mu się prędko, gdybym chodził za nim, jak cień.

Onegdaj, we czwartek, doktor Mortimer był u nas na śniadaniu. Przy wykopaliskach w Long-Dawn udało mu się znaleźć czaszkę przedhistorycznego człowieka. Jest uradowany. Trudno o większego entuzyastę i maniaka.

Po śniadaniu przybyli Stapletonowie. Na prośby sir Henryka, doktor zaprowadził nas wszystkich do Alei Wiązów, aby nam pokazać, jak się rzeczy miały owej nocy.

Aleja jest długa, po obu stronach szerokie żywopłoty, za nimi — trawniki. Na końcu alei wznosi się letni domek, rodzaj altany. W połowie drogi jest furtka, prowadząca na łąkę, za którą leży trzęsawisko. Furtka jest drewniana, biała, ma klamkę i zasuwę. Pamiętałem twoją hypotezę i starałem się odtworzyć w myśli katastrofę.

Stojąc przy tej furtce, biedny sir Karol ujrzał coś, co go tak wystraszyło, że stracił przytomność i zaczął biedz prosto przed siebie, aż mu tchu zbrakło i padł nieżywy z wycieńczenia i trwogi. Uciekał liściastym tunelem. Co go wystraszyło? Pies zwyczajny, pasterski, czy też jakieś stworzenie fantastyczne, widmowe? Była-li w tem ręka ludzka, czy też moc nadprzyrodzona? Może blady Barrymore wie o tem zdarzeniu daleko więcej, niż mówi? Jakiekolwiek jest rozwiązanie zagadki, ostatniem jej słowem — zbrodnia.

Poznałem jeszcze jednego sąsiada, pana Frankland z Lafter Hall. Mieszka o cztery mile od nas. Jest to człowiek niemłody, siwy, temperamentu cholerycznego, zawołany pieniacz; pół majątku stracił na procesy. Nie chodzi mu o przedmiot sporny, lecz o sam proces. Czasami zamyka drogę publiczną i zmusza gminę do pozywania go przed sądy. Innym razem wdziera się w drogę prywatną, dowodząc, że służyła dawniej do publicznego użytku. Zna wszystkie prawa obyczajowe, niekiedy używa swych wiadomości na korzyść włościan z Fernworthy, a czasem przeciwko nim; bywa niesiony w tryumfie przez wieś, lub palony *in effigie*, stosownie do swej działalności.

Ma obecnie siedem procesów, które zapewne pochłoną resztę jego fortuny.

Po za tą manią wydaje się dobrodusznym, poczciwym staruszkiem; wspominam o nim dlatego tylko, żeś mi polecił opisywać ci wszystkie osoby, które spotykam i o których słyszę.

Obecnie pan Frankland ma nowa rozrywkę: przez wyborny teleskop, dniami całemi z dachu swego domu wypatruje zbiegłego więźnia. Gdybyż tylko na tem poprzestał! ale on chce podobno wytoczyć proces doktorowi Mortimer za otwarcie grobu przedhistorycznego bez pozwolenia potomków, a to skutkiem … czaszki z epoki neolitycznej, odgrzebanej w Long-Dawn. Bądź co bądź urozmaica nam jednostajność życia i wprowadza do niego trochę komicznego pierwiastku.

A teraz, doniosłszy ci o zbiegłym więźniu, opisawszy ci rodzeństwo Stapleton, doktora Mortimer i pana Frankland z Lafter Hall, powiem ci coś bardzo ciekawego o Barrymorze i o niezwykłych zdarzeniach zeszłej nocy.

Naprzód słówko o telegramie, któryś wysłał z Londynu, a który miał nam służyć za dowód obecności Barrymora w pałacu.

Donosiłem ci już, że, sądząc ze słów pocztmistrza, doszedłem do przekonania, iż ta próba niczego nie dowiodła. Mówiłem o tem sir Henrykowi, a on, ze zwykłą sobie szczerością, wezwał Barrymora i zapytał go, czy dostał telegram. Barrymore odpowiedział twierdząco.

— Czy chłopiec oddał ci go do rąk? — pytał sir Henryk.

Barrymore spojrzał ze zdziwieniem.

— Nie — odparł po namyśle — byłem wtedy na strychu, ale moja żona odniosła mi zaraz depeszę.

— Czyś odpowiedział na nią sam?

— Prosiłem żony, żeby mnie wyręczyła.

Po obiedzie wszczął znowu tę sprawę z własnego impulsu.

— Nie rozumiałem, dlaczego mnie jaśnie pan pytał o ów telegram — rzekł. — Czy zrobiłem co niewłaściwego?

Sir Henryk uspokoił go w tym względzie i ofiarował mu część swojej garderoby, ponieważ nadeszły już garnitury, obstalowane w Londynie.

Mrs. Barrymore zaciekawia mnie. Jest to niewiasta gruba, ociężała, poważna, wygląda na purytankę. Trudno sobie wyobrazić osobę mniej wrażliwą, a jednak opowiedziałem ci już, żem słyszał wyraźnie jej płacz pierwszej nocy naszego pobytu w Baskerville-Hall; potem widziałem nieraz ślady łez na jej twarzy. Musi mieć jakoś wielką zgryzotę. Czasami zastanawiam się, czy jej nie trapią wyrzuty sumienia, a chwilami posądzam Barrymora, iż jest tyranem.

Zauważyłem w nim odrazu coś niezwykłego; ale to, com widział zeszłej nocy, utrwala mnie w najgorszych posądzeniach.

A jednak sam fakt może się wydać błahym.

Wiesz, że mam sen lekki, a od chwili, gdym tu przybył w charakterze anioła-stróża, sypiam z otwartemi oczyma, jak zając.

Otóż wczorajszej nocy, około drugiej, obudził mnie odgłos kroków, przechodzących obok mojego pokoju. Wstałem, uchyliłem drzwi i wyjrzałem. Po korytarzu sunął długi cień, rzucany przez mężczyznę, zakradającego się na palcach ze świecą w ręku. Był w koszuli i spodniach, szedł boso, powoli i bardzo ostrożnie, w całem jego zachowaniu było coś tajemniczego.

Korytarz przecięty jest balkonem, znajdującym się nad główną sienią i portykiem, ale biegnie dalej po jego drugiej stronie. Gdym stanął przy balkonie, ów cień dotarł już był do drugiego końca korytarza; po blasku światła zmiarkowałem, że wszedł do jednego z przyległych pokojów.

Ponieważ wszystkie te pokoje są nieumeblowane, przeto cel wędrówki stawał się jeszcze bardziej zagadkowym. Światło błyszczało stale w jednym punkcie. Zajrzałem do tego pokoju przez drzwi uchylone.

Barrymore stał pod oknem i trzymał świecę przy samej szybie. Zwrócony był do mnie profilem; widziałem na jego twarzy wyczekiwanie i niepokój. Przez chwilę stał nieruchomo, wreszcie coś mruknął, machnął ręką i świecę odstawił.

Uciekłem do mego pokoju. Niebawem doleciały mnie znowu ciche kroki. Barrymore wracał.

Przez długi czas nie mogłem się uspokoić, tysiączne myśli i podejrzenia przelatywały mi po głowie. Już w pół-śnie usłyszałem zgrzyt klucza we drzwiach, ale nie mogłem umiarkować, w których.

Co to wszystko znaczy — nie wiem, lecz w każdym razie dzieją się w tym domu rzeczy dziwne, nie rokujące nic dobrego. Wcześniej, czy później, wyświetlimy zagadkę. Nie chcę cię bałamucić mojemi przypuszczeniami, albowiem żądasz tylko faktów.

Miałem dziś rano długą rozmowę z sir Henrykiem i obmyśliliśmy plan kampanii. Znajdziesz go w moim następnym liście.

Rozdział IX.
Światło na bagnie

(Drugie sprawozdanie doktora Watsona)

Baskerville-Hall, 15 października.

Kochany Holmes! Pozostawiłem cię wprawdzie długo bez wiadomości, za to dziś pragnę cię odszkodować.

Fakty następowały tak szybko po sobie, że trudno było je spisywać. Donosiłem ci, żem widział Barrymora, zakradającego się po nocy ze światłem w ręce do pustego pokoju. Teraz mam całą wiązankę nowin. Rzeczy wzięły obrót niespodziewany, w ciągu dwu dni ostatnich wyświetliła się niejedna zagadka, a inne zaciemniły się jeszcze bardziej. Sam osądź.

Nazajutrz, przed śniadaniem, poszedłem do pustego pokoju, nawiedzonego przez Barrymora nocy ubiegłej. Okno, przez które przechodził, wychodziło na zachód i odznaczało się tem od innych, że był z niego najbliższy widok na bagno. Jest tam puste miejsce pomiędzy dwoma drzewami, przez które widać zblizka łąkę i oparzelisko, wówczas, gdy z innych okien widok na nie jest dalszy i zasłoniony.

Czyżby Barrymore upatrywał kogoś lub czegoś na bagnie? Noc była tak ciemna, że przy najlepszym wzroku niepodobna było nic dojrzeć. Więc jakiż był cel tych obserwacyj?

W pierwszej chwili sądziłem, że to intryga miłosna. Dlatego zakradał się boso, dlatego był niespokojny. Barrymore jest niezwykle pięknym mężczyzną i może mieć powodzenie u kobiet — ta hypoteza wydała mi się prawdopodobną. Zgrzyt klucza w zamku świadczył może o potajemnem wyjściu na schadzkę.

Takie wysnuwałem wnioski; opowiadam ci je, chociaż rezultat wykazał ich bezpodstawność.

Sądząc, że nie mam prawa zachowywać ich dla siebie, zwierzyłem się z nich przed sir Henrykiem, opowiedziawszy mu wpierw, com widział. Był mniej zdziwiony, niż mogłem przypuszczać.

— Wiem, że Barrymore chodzi po nocy — oświadczył. — Kilka razy słyszałem jego kroki w korytarzu o jednej i tej samej godzinie.

— Więc może co nocy chodzi do okna?

— Może. W takim razie schwytamy go na gorącym uczynku i przekonamy się o celu jego wędrówek. Ciekaw też jestem, jakby postąpił Holmes na naszem miejscu?

— Sądzę, że zrobiłby to samo, co pan zamierzasz — odparłem. — Boję się tylko, aby Barrymore nie usłyszał naszych kroków.

— Ma słuch tępy; zauważyłem to już nieraz. Zatem dziś wieczorem zaczaimy się w moim pokoju.

Sir Karol był rad widocznie; ta nowa wyprawa była urozmaiceniem nudnego życia.

W pałacu panował ruch gorączkowy. Baronet sprowadził architekta z Londynu, zaś z Plymouth — stolarzy i dekoratorów; nie szczędził kosztów, aby przywrócić dawny blask siedzibie swoich przodków.

Skoro pałac zostanie urządzony, brak w nim będzie tylko — pięknej pani domu.

Między nami mówiąc, łatwo domyślam się, kto mógłby zająć to miejsce. Baronet zakochany po uszy w naszej pięknej sąsiadce, miss Stapleton.

Lecz na drodze tej miłości istnieją przeszkody. Niedalej, jak dziś, sir Henryk miał przykrą niespodziankę.

Po naszej rozmowie o Barrymorze, wziął czapkę i wyszedł. Ja za nim.

— Towarzyszysz mi, Watson? ... — zapytał z widocznym niezadowoleniem.

— To zależy od tego, dokąd pan idzie; jeżeli na łąkę i bagno, pójdę z panem.

— Właśnie tam podążam.

— Wszak pan wie, co mi polecił Holmes ... Przykro mi, że się panu narzucam, ale nie mogę puścić pana samego na trzęsawiska.

Sir Henryk położył mi rękę na ramieniu.

— Mój drogi — rzekł z uśmiechom — Sherlock Holmes, pomimo swej przenikliwości, nie przewidział tego, co wynikło od czasu, jak zamieszkałem nad bagnem. Wszak mnie rozumiesz? ... I jestem pewien, że nie zechcesz przeszkadzać mi w takiej chwili.

Byłem w trudnem położeniu, a gdym tak stał zafrasowany, mój towarzysz odwrócił się i poszedł przez łąkę.

Czyniłem sobie wyrzuty, że go pozostawiam własnemu losowi. A nuż go spotka nieszczęście! …

Na samą myśl o tem, krew uderzyła mi do głowy.

Może jeszcze nie zapóźno, może zdołam go dogonić …

Podążyłem w kierunku, w którym sir Henryk odszedł, ale nic mogłem go dostrzedz, aż wreszcie ukazał mi się na zakręcie drogi, tam, gdzie ścieżka, wiodąca przez trzęsawisko, odbiega od gościńca.

Skręciłem w bok, i zamiast iść za nim, wspiąłem się na mały pagórek, skąd było widać całą równinę. Ukrywszy się za skałą, śledziłem jego kroki.

Uszedł ścieżką dobre pół mili, gdy nagle zobaczyłem zbliżającą się ku niemu pannę Stapleton.

A więc to była schadzka umówiona …

Przywitawszy się, szli dalej, bardzo wolno; z poruszenia rąk miarkowałem, że miss Beryl o coś go prosi.

Namyślałem się, co robić. Wstrętnym jest szpiegować przyjaciela; w danych okolicznościach było to moim obowiązkiem; lecz gdyby mu groziło niebezpieczeństwo, byłem zadaleko, aby nieść pomoc. Więc cóż począć? Wahałem się między poczuciem delikatności a obowiązku.

Tymczasem sir Henryk i jego towarzyszka stanęli na ścieżce. Rozmawiali bardzo żywo. Nagle spostrzegłem, że nie ja jeden jestem świadkiem ich spotkania. Ujrzałem coś zielonego, zawieszonego w powietrzu. Przyjrzawszy się, zobaczyłem, że to siatka na motyle.

Szedł Stapleton. Był daleko bliżej od młodej pary, niż ją i widocznie podążał ku niej.

Wtem sir Henryk objął wpół miss Stapleton; zdawało mi się, że ona broni się od uścisku. Pochylił się nad nią, chciał ją pocałować — zasłoniła się ręką.

Nagle odskoczyli od siebie. Spłoszył ich Stapleton. Pędził co tchu, wymachiwał rękoma, a gdy się z nimi zrównał — tupał nogami i zapewne krzyczał i robił wymówki sir Henrykowi. Ten widocznie usprawiedliwiał się.

Wreszcie Stapleton skinął na siostrę, która po chwili wahania poszła za nim, rzuciwszy spojrzenie baronetowi.

On stał długo, jak wryty, wreszcie odszedł krokiem powolnym, z głową zwieszoną.

Co to wszystko znaczyło? Nie mogłem pojąć, lecz byłem wzburzony widokiem tej sceny. Zbiegłem ze wzgórza i spotkałem się z sir Henrykiem.

— Watson! — zawołał. — Skądże się tu wziąłeś? Czyżbyś mnie śledził wbrew mojej woli?

Wyznałem mu prawdę. W pierwszej chwili oczy zapałały mu gniewem, lecz rozbroiła go widocznie moja szczerość; koniec końców — roześmiał się.

— Możnaby sądzić, że takie pustkowie sprzyja samotności, a jednak — mówił żartobliwie — niepodobna konkurować bez świadków … Smutne to zresztą konkury. Gdzieżeś się ukrywał?

— Za temi skałami, na wzgórzu.

— Czy widziałeś, z której strony jej brat przyszedł?

— Z przeciwnej.

— Czy on robi na tobie wrażenie waryata?

— Nie.

— Od pierwszej chwili wydał mi się nienormalnym, a teraz gotów jestem przypuścić, że mnie, albo jemu braknie piątej klepki. Słuchaj, Watson: żyjesz już ze mną parę tygodni, powiedz mi szczerze, czyś nie spostrzegł we mnie jakiego umysłowego zboczenia? Jak znajdujesz: czy mógłbym być dobrym mężem dla kobiety ukochanej?

— Zdaje mi się, że najlepszym.

— Wszak on nic nie może zarzucić mojemu stanowisku społecznemu. Więc cóż ma przeciwko mojej osobie? Nie skrzywdziłem nikogo, żyłem uczciwie. A jednak nie pozwala mi dotknąć bodaj końca jej paluszków.

— Czy wręcz zabronił?

— Tak, i powiedział mi wiele innych przykrych rzeczy. Mówię ci, Watson, choć znam ją od paru tygodni, czuję, że z żadną kobietą nie byłbym tak szczęśliwy, jak z nią; a zdaje mi się, że i ona odpłaca mi wzajemnością. W oczach kobiety bywają błyski, wymowniejsze od słów. Ale ten nieznośny brat nie pozwala nam się porozumieć. Dziś po raz pierwszy zdarzyła mi się sposobność widzieć ją sam na sam. Cieszyło ją to widocznie, choć nie chciała słuchać moich wynurzeń miłosnych. Wracała wciąż do jednego przedmiotu, ostrzegając mnie o grożącem niebezpieczeństwie i dowodząc, że póty nie będzie miała spokoju, dopóki ja tych stron nie opuszczę. Powiedziałem jej, że nie pilno mi odjeżdżać, skoro ona tu przebywa, i że jeśli dba istotnie o moje bezpieczeństwo, to opuści tę okolicę wraz ze mną, i prosiłem o jej rękę. Zanim jednak zdążyła mi odpowiedzieć, ten jej utrapiony brat wpadł między nas, jak kula. Był blady z gniewu, trząsł się, a z jasnych oczu padały pioruny.

Jak śmiałem przemawiać w ten sposób do jego siostry? — wołał. — Czy dlatego, że jestem baronetem, to wszystko mi wolno? …

Tłómaczyłem mu, że nie potrzebuję wstydzić się moich uczuć dla miss Beryl i że mam nadzieję, iż zaszczyci mnie swoją ręką.

Nie polepszyło to sprawy. Stapleton rozwścieczył się na dobre. I mnie zbrakło cierpliwości. Odpowiedziałem mu, za ostro ze względu na jej obecność.

Skończyło się na tem, że on odszedł z siostrą, a ja powracam, jak nie-pyszny. Wytłómacz mi, co to znaczy, a będę ci wdzięczny do śmierci.

Dawałem kilka wyjaśnień, ale nie zadowoliły sir Henryka, bo istot-nie, co można mu zarzucić?

Przemawia za nim tytuł, fortuna, charakter, wiek i uroda. Jedyny zarzut, jaki możnaby mu czynić — to, że fatalizm ściga jego rodzinę. Ale Stapleton, jako człowiek uczony, nie powinienby przywiązywać wagi do przesądów.

To też nie pojmuję, dlaczego odrzuca jego zabiegi, nie pytając nawet, czy siostra jest mu przychylna, a dziwi mnie nadto, że ona słucha go ślepo.

Nasze domysły na ten temat przerwał sam Stapleton, który przybył po południu, aby przeprosić baroneta za swoją porywczość.

Po długiej rozmowie sam na sam z sir Henrykiem w jego gabinecie, wyszli pogodzeni. Dla przypieczętowania zgody, zaprosił nas na obiad do Merripit-House.

— Dziwny to człowiek — rzekł do mnie sir Henryk po jego odej-ściu. — Nie mogę zapomnieć wzroku, jakim mnie piorunował dziś rano, ale mimo to muszę przyznać, że teraz znalazł się przyzwoicie.

— Czy wytłómaczył swe postąpienie?

— Mówił, że siostra jest mu wszystkiem na świecie. Żyli zawsze razem, ona mu była jedynym towarzyszem. Sama myśl o utraceniu jej doprowadza go do rozpaczy. Nie spostrzegł mojej skłonności ku Beryl, a gdy ją ujrzał w moich objęciach, ogarnął go taki gniew samo-lubny, że stracił przytomność i nie odpowiada za swoje słowa i czyny. Przepraszał jednak i uznawał, że byłoby szaleństwem chcieć zatrzymać przy sobie kobietę tak piękną, jak jego siostra. Jeżeli ma go opuścić, to on, Stapleton, woli, żeby poślubiła sąsiada, mieszkającego tak blizko, niż kogokolwiek innego. Ale musi oswoić się z tą myślą. Gotów jest mi przyrzec jej rękę, jeżeli wzamian zobowiążę się słowem honoru, że przez trzy miesiące nie wspomnę jej o miłości, nie będę starał się widywać jej sam na sam i zadowolę się zwykłym stosunkiem towarzyskim. Obiecałem mu to solennie i rzeczy na tem stanęły.

A więc jedna z tajemnic już wyjaśniona. Uczuliśmy grunt pod nogami w bagnie, po którem błądzimy poomacku.

Wiemy już teraz, dlaczego Stapleton patrzał niechętnie na konkurenta siostry; chociaż ten konkurent jest jedną z pierwszych partyj w kraju.

A teraz przechodzę do innej nici, którą wyciągnąłem ze splątanego motka — do przyczyny łez pani Barrymore i tajemniczych nocnych wędrówek jej męża.

Powinszuj mi, Holmes, i przyznaj, że nie zawiodłem twego zaufania. Ta zagadka została wyjaśniona w jedną noc.

Napisałem: „w jedną noc", właściwie jednak stało się to w ciągu dwóch nocy, albowiem pierwsze próby chybiły.

Siedziałem z sir Henrykiem w jego pokoju do trzeciej zrana, ale nie doleciał nas żaden inny szmer, oprócz głosu zegaru. Wreszcie usnęliśmy obaj na krzesłach.

Niezrażeni tem, postanowiliśmy próbę ponowić. Następnej nocy zgasiliśmy lampkę, i zapaliwszy papierosy, czekaliśmy, co będzie dalej.

Godziny wlokły się powoli. Wybiła pierwsza, druga; już nas sen morzył, gdy nagle obaj wyprostowaliśmy się na krzesłach. Doleciał nas odgłos kroków.

Zakradały się cichutko i wreszcie umilkły w oddali. Wtedy baronet drzwi otworzył i wyszliśmy na palcach.

Barrymore minął już galeryę, korytarz był pogrążony w ciemnościach.

Doszliśmy na palcach do drugiego skrzydła w chwili, gdy kamerdyner wsuwał się do pokoju, na końcu korytarza. Zamknął drzwi za sobą. Podsunęliśmy się cichutko, stąpając ostrożnie, w obawie, aby nas nie zdradziło skrzypnięcie podłogi. Zajrzeliśmy przez dziurkę od klucza. Barrymore stał przy oknie ze świecą w ręku.

Nie ułożyliśmy planu kampanii, ale baronet uważa prostą drogę za najkrótszą i najwłaściwszą. Nie namyślając się, wszedł do pokoju. Barrymore odskoczył od okna.

— Co ty tu robisz? — zapytał go sir Henryk.

— Nic, proszę pana.

Był tak wystraszony, że świeca podskakiwała mu w ręku.

— Przyszedłem zobaczyć, czy okno zamknięte … Zamykam codzień wszystkie okna, żeby się złodziej nie zakradł.

— Tak, zwłaszcza tutaj, na … drugie piętro. Słuchaj, Barrymore — rzekł — postanowiliśmy obaj zmusić cię do powiedzenia prawdy. Im prędzej ją wyznasz, tem lepiej dla ciebie. Dość tych kłamstw. Gadaj! Coś tu robił?

Spojrzał na nas z rozpaczą, załamał ręce bezradnie.

— Nie robiłem nic złego — szepnął. — Trzymałem świecę w oknie.

— A dlaczego ją trzymałeś?

— Niech mnie pan o to nie pyta. Daję panu słowo honoru, że to cudza tajemnica. Nie mogę jej wyjawić. Gdyby chodziło tylko o mnie, wyznałbym panu całą prawdę.

Błysnęła mi nagła myśl. Wziąłem świecę, którą Barrymore postawił był na oknie.

— To zapewne sygnał umówiony — rzekłem. — Zobaczmy, jaka będzie odpowiedź.

Podniosłem świecę w górę i trzymałem ją tak, jak on przed naszem wejściem. Pomimo ciemności, bo księżyc był zasłonięty chmurami, widać było drzewa, a dalej łąkę. Wtem zobaczyłem blade światełko na bagnie.

— Jest sygnał! — zawołałem.

— Nie, proszę pana, to nic nie znaczy — przerwał mi Barrymore. — Upewniam pana, że to przypadkowe.

— Poruszaj świecą, Watson — zawołał baronet. — Widzisz? I tamto światło rusza się … Czy i teraz, łotrze, będziesz przeczył, że dawaliście sobie sygnały? … Chodź-no tutaj. Mów, kto jest twoim wspólnikiem i jaki knujecie spisek?

Twarz kamerdynera pociemniała od tłumionego gniewu.

— Nie powiem! — oświadczył butnie. — To moja rzecz, nie pańska.

— W takim razie wynoś się zaraz z mego domu!

— Dobrze. Jeśli trzeba, to trudno.

— I żebyś mi się nie pokazywał na oczy! To wstyd, hańba! … Twoja rodzina służyła mojej przez kilka pokoleń, a ty knujesz przeciwko mnie spiski? …

— Nie, nie przeciw panu.

Słowa te były wypowiedziane głosem kobiecym. Na progu stała pani Barrymore, jeszcze bledsza od męża.

— Wynosimy się stąd, Elizo — oznajmił jej kamerdyner. — Pakuj nasze rzeczy.

— O, John! John! Ja cię zgubiłam! ... To wszystko moja wina, sir Henryku, moja wyłącznie ... On nie winien. Robił to dla mnie, bo go o to prosiłam.

— Mów pani, wytłómacz, co to znaczy? — zawołał sir Henryk.

— Mój nieszczęsny brat umiera z głodu, tam, na bagnie ... Nie możemy go opuścić ... To światło jest sygnałem, że przygotowaliśmy dla niego pożywienie ... a tamto światełko wskazuje, gdzie mamy je przynieść ...

— A więc brat pani jest ...

— Zbiegłym więźniem ... mordercą ... Seldon.

— To prawda — przytwierdził Barrymore. — Mówiłem, że tajemnica nie moja i że nie mam prawa jej zdradzić. Ale teraz sir Henryk przekonał się, że to nie był spisek przeciw niemu ...

Takie jest zatem wyjaśnienie nocnych wędrówek i światła w oknie.

Sir Henryk i ja patrzaliśmy na tę kobietę ze zdumieniem. Czyż podobna, aby osoba tak przyzwoita i poważna miała w swoich żyłach tę samą krew, co słynny zbrodniarz? ...

— Tak, panie — mówiła jakby w odpowiedzi na nasze myśli. — Moje panieńskie nazwisko było Seldon, a to mój brat młodszy ... Psuliśmy go za jego lat dziecinnych, wszystko mu było wolno, więc nabrał przekonania, że świat istnieje dla jego przyjemności ... Gdy dorósł, wdał się w złe towarzystwo, zaczął hulać i jeszcze gorzej ... Wpędził naszą biedną matkę do grobu, a nasze nazwisko błotem obryzgał. Upadał coraz niżej, wreszcie spełnił tę ostatnią zbrodnię ... Ale dla mnie jest on zawsze małym chłopaczkiem z jasnymi kędziorami, którego niańczyłam, jako starsza siostra. Dlatego uciekł z więzienia. Wiedział, że ja tu jestem i że mu nie odmówię pomocy ... Przywlókł się do nas, wycieńczony, zgłodniały, ścigany przez policyę. Cóż miałam począć? ... Wzięliśmy go, zamknęli na strychu, żywiliśmy go, przyodziali. Po powrocie jaśnie pana, brat sądził, że będzie bezpieczniejszy na bagnie, i tam się ukrywa. Z dnia na dzień spodziewaliśmy się, że opuści te strony, lecz dopóki tu jest, my nie możemy go opuścić. Jeżeli kto zawinił, to ja, nie mój mąż; on go ukrywał i żywił, przez wzgląd na mnie ...

W głosie jej była szczerość.

— Czy to prawda, Barrymore? ... — zapytał sir Henryk.

— Tak, panie, święta prawda.

— Ha! nie mogę mieć ci za złe, żeś uległ prośbom żony. Wracajcie oboje do waszego pokoju. Pomówimy o tem jutro.

Wyjrzeliśmy znowu przez okno. Sir Henryk otworzył je; chłodny wiatr smagnął nas po twarzach. Daleko na bagnie, płonęło blade światełko.

— Dziwna rzecz, że on nie boi się zdradzać swej obecności ... — rzekł baronet.

— Może tak światło umieścił, że widać je tylko z tego punktu.

— Jak ci się zdaje: czy to stąd daleko?

— Półtorej mili, dwie najwyżej. O ile mogę zmiarkować, jest to w pobliżu Cleft-Tor.

— Nie musi to być daleko, jeśli Barrymore codzień zanosi tam żywność. Słuchaj, Watson, schwytam tego łotra!

I mnie ta sama myśl przeszła przez głowy. Wszak Barrymore nie wyjawił nam tajemnicy dobrowolnie, lecz pod naciskiem; nie byliśmy więc zobowiązani do sekretu, a to tembardziej, że chodziło o łotra, wobec którego ustawały wszelkie względy współczucia. Obowiązkiem naszym było oddać go w ręce sprawiedliwości, uniemożliwić mu dalsze zbrodnie. Gdybyśmy go oszczędzili, mogliby to przypłacić życiem sąsiedzi, Stapletonowie naprzykład.

Niepokój o nich wpływał zapewne na to postanowienie sir Henryka.

— Pójdę z tobą — oświadczyłem.

— A zatem bierz rewolwer i wdziewaj buty — (byliśmy obaj boso, żeby ciszej stąpać). — Im wcześniej wyruszymy, tem lepiej. Łotr może lada chwila zgasić światło i nie odszukamy go po nocy.

W pięć minut byliśmy już gotowi i wyruszyliśmy na ową niebezpieczną ekspedycyę.

Noc była pochmurna, wilgotna, od czasu do czasu księżyc wyłaniał się z po za chmur, a gdyśmy doszli do bagna, począł kropić drobny deszczyk.

Światło wciąż płonęło.

— Czy masz rewolwer? — spytałem.

— Mam nóż myśliwski — odparł sir Henryk.

— Musimy wpaść na niego znienacka, bo mówią, że silny, jak lew. Powalimy go, zanim zdoła stawić nam opór.

— Ciekaw jestem, coby też Holmes powiedział na naszą wyprawę — rzekł baronet. — To godzina duchów; grasują teraz po bagnie ... — dodał nawpół żartobliwie.

Jakby w odpowiedzi na te słowa, po trzęsawisku rozległ się ów głos przeraźliwy, który już raz słyszałem w pobliżu Grimpen-Mire. Wiatr niósł go wśród nocnej ciszy; z początku było to ciche warczenie, niebawem przeszło w straszne wycie. Baronet zbladł i chwycił się mojego rękawa.

— Na miłość Boską, co to takiego, Watson? — spytał szeptem.

— Nie wiem. Podobno ten głos rozlega się często po bagnie — odparłem. — Już go raz słyszałem.

Zaległa znowu cisza, przerażająca, złowroga. Staliśmy, nasłuchując, ale żaden dźwięk nie wpadł nam w ucho.

— Watson ... — szepnął baronet — to było szczekanie psa! ...

W jego głosie brzmiał strach tłumiony.

— Jakże okoliczni mieszkańcy tłómaczą sobie to przeraźliwe wycie? — zapytał.

— Ktoby tam uważał na to, co mówią ludzie prości.

— Powiedz mi jednak, co mówią?

Zawahałem się.

— Powiadają, że to szczekanie psa Baskervillów — odparłem.

Milczał długo.

— Tak, to był pies — rzekł wreszcie. — Szczekał bardzo daleko, w stronie Grimpen-Mire ...

— Trudno określić, skąd głos dolatywał.

— Powiadam ci, że stamtąd, Watson. A ty jak sądzisz? Czy to było szczekanie? ... Nie jestem dzieckiem. Możesz mi prawdę powiedzieć.

— Po raz pierwszy słyszałem ten głos, idąc ze Stapletonem. Tłómaczył mi, że to wabienie rzadkiego ptaka.

— Nie, nie, to był pies. Czyżby istotnie legenda została osnuta na faktach prawdziwych? Czyżby istotnie groziło mi niebezpieczeństwo? ... Co o tem myślisz, Watson?

— Jestem pewien, że nie.

— Hm! Co innego było śmiać się z tych baśni w Londynie, a rzecz inna stać tutaj, wśród ciemności na bagnie i słyszeć ten głos przeraźliwy. Mój biedny stryj! Wszak widziano wyraźnie ślady łap wielkiego psa przy jego zwłokach ... Wszystko to łączy się ze sobą. Nie jestem tchórzem, Watson, lecz to szczekanie ścięło mi krew w żyłach. Dotknij mojej ręki.

Była zimna, jak marmur.

— Jutro śmiać się będziesz z tej przygody — rzekłem, aby go uspokoić.

— Wątpię; ten głos pozostanie mi na zawsze w pamięci. Cóż mi radzisz zrobić?

— Wracać do domu.

— Nie. Przyszliśmy tutaj, aby schwytać mordercę i nie cofniemy się w pół drogi. Chodźmy! Co ma być, niech się stanie.

Stąpaliśmy powoli wśród ciemności. Światełko płonęło wciąż w jednym punkcie. Chwilami zdawało nam się, że jest blizkiem, to znów że bardzo odległem. Wreszcie zmiarkowaliśmy, w której stronie świeci.

Niedaleko od nas, w szczelinie pomiędzy dwiema skałami, chroniącemi ją od wiatru, stała świeczka w lichtarzu. Nie było jej widać z żadnego innego punktu, tylko od strony Baskerville-Hall. Zrąb skalny zasłaniał nas przed oczyma zbiega. Pełzając ostrożnie, doczołgaliśmy się pod świecę.

— Co teraz? — szepnął sir Henryk.

— Czekajmy. On musi być w pobliżu. Trzeba zajrzeć. Zobaczymy go może.

Jakoż zaledwie tych słów domówiłem, w szczelinie skalnej, nad świecą ukazała nam się twarz potworna, zwierzęca, zorana dzikiemi namiętnościami, żółta, jak wosk. Zbrodniarz był zarosły po same oczy. Tak wyglądali zapewne nasi przodkowie, zamieszkujący te bagna w przedhistorycznej epoce.

Morderca wodził niespokojnym wzrokiem dokoła, jak zwierz, gdy go doleci odgłos nagonki.

Coś widocznie wzbudziło jego podejrzliwość. Może Barrymore zwykł był dawać mu sygnał, o którym nie wiedzieliśmy, a może złoczyńca miał inny powód do obawy, bądź co bądź strach malował się na jego dzikiej twarzy.

Lada chwila mógł cofnąć się i zniknąć wśród ciemności. Wyskoczyłem z mojej kryjówki, sir Henryk za mną. Zbrodniarz zaklął przeraźliwie i zrzucił ogromny kamień. Roztrzaskał się on o skałę, o którą opieraliśmy się przed chwilą. Szczęśliwym zbiegiem okoliczności księżyc przedarł się właśnie przez chmury i oświecił bagno.

Zbiegliśmy z pagórka, goniąc uciekającego co tchu Seldona. Przeskakiwał z kamienia na kamień, ze skały na skałę, jak dziki kozioł.

Mogłem powalić zbrodniarza odrazu wystrzałem z rewolweru, lecz wziąłem go dla obrony w razie napaści, nie zaś dla zabijania człowieka bezbronnego.

Obaj z sir Henrykiem biegamy znakomicie; przekonaliśmy się jednak niebawem, że nie zdołamy go dopędzić. W świetle księżyca widzieliśmy długo jego szerokie bary i kabłąkowate nogi, aż wreszcie ukazał nam się, jako mały punkcik na skraju widnokręgu.

Biegliśmy do zupełnego braku tchu, ale przestrzeń pomiędzy nami a uciekającym Seldonem zwiększała się ustawicznie. Wreszcie, zdyszani, usiedliśmy na skale, patrząc za nim, dopóki nam nie znikł z przed oczu.

W chwili tej właśnie zdarzyła się rzecz dziwna i niespodziewana. Odpocząwszy, wstawaliśmy, aby wracać do domu, bośmy już zaniechali dalszego pościgu. Księżyc w pełni zachodził za jedną z wyższych skał; wtem na jej szczycie ujrzałem postać męską, wyglądającą jak posąg.

Nie myśl, że to było złudzenie zmysłów. O ile mogłem zauważyć, był to mężczyzna wysokiego wzrostu, szczupły. Stał z założonymi na krzyż rękoma, ze spuszczoną głową, jak gdyby wpatrywał się w tę pustą przestrzeń.

To może duch bagna … Bądź co bądź, nie był to Seldon, gdyż ten przed chwilą znikł był w kierunku wręcz przeciwnym. Zresztą owa postać była daleko wyższa i szczuplejsza.

Chciałam pokazać to zjawisko baronetowi, lecz w chwili, gdym się odwrócił, postać już zniknęła. Na tle księżycowej tarczy odrzynały się skały, lecz żywy posąg nie stał już na ich szczycie.

Chciałem pójść i przekonać się, co to było, ale baronet nie miał ochoty szukać nowych wrażeń. Nie dostrzegł owego dziwnego zjawiska i wmawiał we mnie, że mi się przywidziało, bo nie odczuł wrażenia, które mnie wstrząsnęło do szpiku kości.

— To zapewne jaki strażnik ziemski. Bagno roi się od nich od czasu, gdy Seldon uciekł z więzienia.

Ha! kto wie, czy takie wyjaśnienie nie jest prawdziwem; chciałbym jednak to stwierdzić.

Dziś mamy zamiar donieść zarządowi więziennemu w Princetown, gdzie ma szukać zbiega. Jednak szkoda, że nie zdołaliśmy go sami schwytać.

Takie są przygody ostatniej nocy. Musisz przyznać, Holmes, że moje sprawozdanie jest bardzo szczegółowe i dokładne. Wiele faktów pozostaje do wyjaśnienia; przedstawiam ci je bez komentarzy, aby ci nie przeszkadzać w wyprowadzaniu wniosków.

Postąpiliśmy naprzód na drodze odkryć. Znamy już przyczynę nocnych wędrówek Barrymorów — a to ułatwia sytuacyę.

Lecz trzęsawisko zawiera jeszcze wiele tajemnic niewyjaśnionych. Może w następnym liście zdołam rzucić na nie światło. Byłoby najlepiej, gdybyś mógł sam przyjechać.

Rozdział X.
Wyjątek z dziennika doktora Watsona

Do tego punktu w mojem opowiadaniu posiłkowałem się listami, pisywanymi do Sherlocka Holmes. Odtąd, dla odświeżenia pamięci, muszę zaglądać do mego dziennika z owego czasu. Przytoczę kilka ustępów, zaczynając od dnia, następującego po naszym pościgu.

16 października. Drobny deszczyk kropi bezustanku. Cały dom spowity w gęstą mgłę; to się podnosi, to opada, ukazując łąkę i trzęsawisko. W pałacu i na dworze smutno.

Baronet przebywa reakcyę po wczorajszem podnieceniu. Ja sam czuję dziwny niepokój, widzę niemal zbliżające się niebezpieczeństwo, a jest tem groźniejsze, iż nie potrafimy go określić.

Powodów do obawy nie brakanie. Cały szereg okoliczności złożył się na wzbudzenie w nas przesądnego strachu: naprzód tajemnicza śmierć poprzedniego właściciela tej rezydencyi; dalej — pogłoski, krążące po okolicy, wreszcie te zagadkowe odgłosy na bagnie. Słyszałem je dwa razy na własne uszy …

Wszystko to wyłamuje się z pod zwykłego porządku rzeczy i praw natury: pies widmowy, legendowy, pozostawia ślady stóp i wyje przeraźliwie. Stapleton nawet wierzy w jego istnienie, a doktor Mortimer, pomimo swej wiedzy, przekonany jest, że widział jakieś nadprzyrodzone stworzenie.

Ja, choć nie jestem uczonym, jak ci dwaj panowie, nie mogę jednak w to uwierzyć; byłoby to zejść do poziomu umysłowego włościan okolicznych, którzy gotowi przysiądz, że widzieli psa, ziejącego ogniem i siarką.

Holmes nie słuchałby nawet podobnych baśni — i ja powinienem być na nie głuchym.

Lecz fakty są faktami, a na własne uszy dwa razy słyszałem szczekanie na bagnie. Przypuśćmy, że jest tam jakiś pies zdziczały — byłoby to wyjaśnieniem tych wszystkich zagadek.

Lecz gdzież taki pies ukrywa się? Gdzież znajduje pożywienie? Dlaczego nikt go nie widzi we dnie? …

Pomijając nadprzyrodzone czynniki w tej sprawie, pozostaje działalność ludzka: ów blady mężczyzna, śledzący nas z dorożki, i ostrzeżenie, przesłane sir Henrykowi. To są fakty realne, lecz owym nieznajomym może być zarówno przyjaciel, jak i wróg. Gdzież on teraz przebywa? Czy pozostał w Londynie? Czy też nas śledzi tutaj? Może to on był owym wysokim, szczupłym mężczyzną, którego widziałem w świetle księżyca na szczycie skały?

Co prawda, widziałem bardzo niewyraźnie i przelotnie, lecz jestem pewien, że to nikt z okolicy, bo znam już wszystkich sąsiadów. Był wyższy od Stapletona, szczuplejszy od Franklanda. Mógłby to być Barrymore; ale pozostawiliśmy go w domu, i z pewnością nie wyszedł za nami.

A więc śledzi nas jakiś nieznajomy — zapewne ten sam, co w Londynie. Gdybym zdołał go schwytać, możeby to wyjaśniło wszystkie te zagadki. Całą moją energię wytężę, aby tego celu dopiąć.

W pierwszej chwili chciałem zwierzyć się sir Henrykowi z moich zamiarów, ale po namyśle zaniechałem tego zamiaru. Baronet jest zdenerwowany — nie chcę zwiększać jego niepokoju. Będę działał na własną rękę.

Dziś popołudniu mieliśmy drobne zajście. Barrymore prosił sir Henryka o posłuchanie. Rozmawiali przy zamkniętych drzwiach w gabinecie. Siedząc w sali bilardowej, słyszałem słowa urywane i domyślałem się, o co chodzi. Po chwili baronet drzwi otworzył i wezwał mnie.

— Barrymore ma żal do nas — rzekł. — Znajduje, żeśmy źle postąpili wobec niego, ścigając Seldona, skoro on, z własnej woli, tajemnicę nam powierzył.

Kamerdyner stał przed nami, bledszy, niż zwykle, i widać było, że hamuje się z trudnością.

— Wyraziłem się może zbyt ostro — rzekł, tłómacząc się. — Przepraszam jaśnie pana. Ale co prawda, byłem zdziwiony, że panowie chcieli schwytać Seldona. Ten nieszczęśnik ma już dość biedy z policyą i nie spodziewa się zapewne, że go ścigają gentlemenowie …

— Gdybyś nam się zwierzył z własnej i nieprzymuszonej woli, byłaby rzecz inna — przekładał mu baronet — ale powiedziałeś nam, a właściwie twoja żona powiedziała nam prawdę pod naciskiem, więc mamy ręce rozwiązane.

— Nie sądziłem, że jaśnie pan będzie z tego korzystał ...

— Ten człowiek jest szkodliwym dla całej okolicy. Dużo jest domków odludnych na łące i trzęsawisku, choćby naprzykład willa pana Stapleton: stoi na uboczu. W razie napaści, któż przyjdzie z pomocą? ... Dopóki ten łotr tutaj grasuje, nikt nie jest pewnym życia.

— On nie napadnie na żaden dom. Ręczę panu za to słowem honoru. Zresztą za kilka dni opuści te strony. Poczyniliśmy już przygotowania, aby go wyprawić do południowej Ameryki. Na miłość Boską, błagam panów, nie wydawajcie go w ręce policyi!

— Co ty na to powiadasz, Watson? — zapytał mnie sir Henryk.

Wzruszyłem ramionami.

— Jeżeli istotnie ma opuścić Anglię, uwolni to kraj od utrzymywania jednego więcej łotra — odrzekłem.

— Ale czy można być pewnym, że przed wyjazdem nie wyrządzi krzywdy nikomu?

— Jaśnie panie, byłoby to szaleństwem z jego strony. Zaopatrzyliśmy go we wszystko, czego mu potrzeba. Nową zbrodnią wprowadziłby tylko policyę na swój trop.

— To prawda — przyznał sir Henryk — a więc Barrymore ...

— Niech Bóg nagrodzi to jaśnie panu — przerwał kamerdyner, ze szczerym wybuchem wdzięczności. — Moja żona nie przeżyłaby drugi raz takiej hańby ...

— Poprostu sprzyjamy i dopomagamy łotrowi ... Ale nie chcę wtrącać pani Barrymore do grobu ... i jeśli Seldon opuści te strony i zachowa się spokojnie, będę milczał.

Kamerdyner skłonił się głęboko i zmierzał ku drzwiom, ale zawahał się i przystąpił znowu do sir Henryka.

— Jaśnie pan był dla mnie tak dobry — szepnął — że chciałbym się mu odwdzięczyć wedle możności. Ja coś wiem i powinienem był powiedzieć to wcześniej, ale wykryłem to po skończonem śledztwie. Tyczy się to śmierci sir Karola ...

Obaj z sir Henrykiem zerwaliśmy się na równe nogi.

— Wiesz, w jaki sposób umarł? ... — zagadnął baronet.

— Nie, jaśnie panie, tego nie wiem.

— Więc cóż?

— Wiem, dlaczego był przy furtce o tej godzinie. Czekał na kobietę.

— Na kobietę? On? …

— Tak, panie.

— Jakże się ona nazywa?

— Nazwiska nie znam, mogę tylko wymienić pierwsze litery.

— Skąd je znasz, Barrymore?

— Sir Karol otrzymał list tego dnia rano. Zwykle dostawał dużo listów, bo wiedziano o jego dobrem sercu, i każdy w kłopocie udawał się do niego. Ale wtedy był tylko ten jeden list, więc go zauważyłem. Nosił stempel pocztowy Coombe-Tracey, adres był wypisany kobiecą ręką.

— No i cóż?

— Zapomniałem już o tym szczególe, gdy przed paru tygodniami, moja żona, porządkując w gabinecie sir Karola — (pozostał nietknięty od jego śmierci) — otóż moja żona znalazła w popiele z kominka niedopalony szczątek listu; były na nim wypisane słowa: „Proszę i zaklinam pana, abyś ten list spalił i przyszedł do furtki o dziesiątej." Pod spodem były litery *L.L.*

— Czy masz ten niedopalony kawałek?

— Nie; gdyśmy go poruszyli, rozsypał się.

— Czy sir Karol otrzymywał poprzednie listy, pisane takim charakterem?

— Nie przeglądałem jego korespondencyi, a nie byłbym zauważył tego listu, gdyby nadszedł z poczty wraz z innemi.

— Nie wiesz, kto może być owa *L.L.*?

— Nie, jaśnie panie; sądzę jednak, że gdybyśmy zdołali to wykryć, dowiedzielibyśmy się czegoś więcej o śmierci sir Karola.

— Nie pojmuję, Barrymore, jak mogłeś przemilczeć o tak ważnym szczególe …

— Miałem własne kłopoty — biedę z Seldonem, a przytem byliśmy oboje bardzo przywiązani do sir Karola, więc woleliśmy zamilczeć o tem odkryciu; nie mogło to już pomódz naszemu biednemu panu, a tam, gdzie wchodzi w grę kobieta, lepiej jest być ostrożnym.

— Baliście się, aby to nie zaszkodziło jego opinii?

— Tak. Ale teraz, gdy jaśnie pan okazał nam tyle dobroci, uważam sobie za obowiązek wyznać to jaśnie panu.

— Dobrze, Barrymore, możesz już odejść.

Gdy drzwi zamknęły się za kamerdynerem, sir Henryk zwrócił się do mnie:

— No i cóż, Watson, co powiadasz na to nowe światło?

— Zwiększa ono jeszcze ciemności, otaczające nas zewsząd.

— I ja tak sądzę. Lecz gdybyśmy zdołali wyśledzić, kto jest *L.L.*, możeby to wyświetliło całą sprawę. Bądź co bądź, już o tyle zyskaliśmy, że wiemy, iż jest ktoś, kto może wyjaśnić nam przyczynę śmierci sir Karola. Jak uważasz: co nam teraz uczynić należy?

— Trzeba przedewszystkiem uwiadomić o tem Holmesa. Damy mu klucz, którego szuka tak dawno; jestem prawie pewien, że potrafi z niego skorzystać.

Poszedłem zaraz do mego pokoju i spisałem naszą ranną rozmowę, aby ją posłać Holmesowi.

W ostatnich czasach był widocznie bardzo zajęty; otrzymywałem od niego listy krótkie, bez żadnych uwag o tem, co mu donosiłem, prawie bez wzmianek o naszej misyi. Sprawa o wyzysk pochłania go zupełnie, a jednak i tutaj dzieje się tyle rzeczy dziwnych, że mógłby zainteresować się niemi żywiej.

17 października. Przez cały dzień deszcz padał. Myślałem o mordercy na bagnie. Ciężko zawinił, to prawda, ale też ciężko odpokutowuje swą zbrodnię. Potem zastanawiałem się nad tajemniczym nieznajomym, który nas śledził z dorożki. Jeżeli to on ukazał mi się na tle księżycowej tarczy, musi teraz moknąć. Wieczorem wziąłem płaszcz i wyszedłem na bagno. Wiatr smagał mnie po twarzy, deszcz lał się za kołnierz. Dotarłem do skały Black-Tor, na której szczycie stał wówczas nieznajomy. Z jej wyżyn spojrzałem na szarą równinę.

Na lewo, wśród gęstych chmur, po nad drzewami sterczały wieżyce Baskerville-Hall. Były to jedyne oznaki życia; dokoła pustka i cisza, nigdzie nie mogłem dojrzeć śladów owej postaci widmowej, którą dostrzegłem parę dni temu.

Wracając, spotkałem doktora Mortimer. Jechał wózkiem. Poczciwy doktor okazuje nam dużo życzliwości, odwiedza nas prawie codzień. Zaprosił mnie do swego wehikułu i odwiózł do domu. Spostrzegłem, że jest smutny; skarżył mi się, że mu zginął ulubiony piesek: wybiegł na bagno i już nie wrócił. Starałem się go pocieszyć, dowodząc, że się odnajdzie, ale przypomniał mi się źrebak, który w moich oczach zatonął w błotach Grimpen-Mire. Wątpię, czy doktor zobaczy już swego ulubieńca.

— Wszak pan zna tu wszystkich? — zagadnąłem doktora.

— Zdaje mi się — odparł.

— Czy nie mógłby mi pan wymienić kobiety, której inicyały są: *L.L.*? Szukał w pamięci.

— Nie — rzekł wreszcie. — Jest tu wprawdzie kilka rodzin cygańskich, o których nic nie wiem, lecz znam wszystkich farmerów i obywateli okolicznych z imienia i nazwiska. Poczekaj pan … — rzekł nagle. — Jest Laura Lyons — inicyały *L.L.*, ale ona mieszka w Coombe-Tracey.

— Kto to taki? — spytałem.

— Córka starego Franklanda.

— Jakto? Więc ten dziwak ma córkę?

— Ma. Wyszła za artystę, nazwiskiem Lyons, który przybył tu dla malowania okolicy. Opuścił żonę, choć mówią, że i ona nie jest bez winy. Ojciec wyparł jej się. Biedna kobieta ma ciężkie życie …

— Z czegóż się utrzymuje?

— Stary Frankland płaci jej pewną kwotę miesięcznie, ale nie dużo, bo jego własne interesy są zagmatwane. Niepodobna było jej opuścić i dać jej się zmarnować zupełnie. Kilka osób z sąsiedztwa postarało się dostarczyć jej uczciwego zarobku. Stapleton, sir Karol, no i ja wreszcie zrobiliśmy dla niej, co się dało. Kupiono jej maszynę do pisania, i w ten sposób zarabia.

Doktor Mortimer pytał o powód moich indagacyj; zaspokoiłem jego ciekawość, nie mówiąc mu prawdy: po co tyle osób ma wiedzieć o tym liście?

Jutro rano pojadę do Coombe-Tracey, a jeśli zdołam zobaczyć się z ową mrs. Laurą Lyons, podejrzanej reputacyi, jedno ogniwo zostanie oderwane od tajemniczego łańcucha. Nabieram przebiegłości: gdy doktor Mortimer nacierał, chcąc dowiedzieć się, dlaczego interesuję się panią Lyons, napytałem go podstępnie, do jakiego typu należy czaszka pana Frankland; dzięki temu, do końca naszej wycieczki nie słyszałem o niczem innem, tylko o kraniologii. Nie darmo tyle lat przebywam w towarzystwie Sherlocka Holmes.

Pozostaje mi już tylko zanotować jeden fakt z owego dnia, a mianowicie, moją rozmowę z Barrymorem. Dał mi do ręki nowy atut. Myślę go użyć.

Mortimer pozostał na obiedzie, potem obaj z baronetem grali w *écarté*. Kamerdyner przyniósł mi kawę do biblioteki; skorzystałem z tego, aby mu zadać parę pytań.

— No i cóż, czy Seldon opuścił już te strony? — rzekłem — czy jeszcze grasuje?

— Spodziewam się, że już go tu niema; nie dawał znaku życia od dnia, gdy po raz ostatni zaniosłem mu żywność.

— Czy widziałeś go wówczas?

— Nie, panie, ale nie było już prowiantów, gdym przyszedł po raz drugi.

— A więc Seldon je zabrał?

— Takby można przypuszczać; chyba, że je wziął tamten …

Spojrzałem na kamerdynera ze zdziwieniem.

— Zatem wiesz, że drugi człowiek kryje się na bagnie?

— Tak, panie, wiem.

— Czyś go widział?

— Nie.

— Skąd wiesz o nim?

— Mówił mi Seldon przed tygodniem. Tamten ukrywa się także, ale, o ile mogę zmiarkować, nie jest więźniem. To mi się wcale nie podoba … — dodał tajemniczo.

— Słuchaj, Barrymore — rzekłem. — Przybyłem tu w interesie twojego pana. Powiedz mi otwarcie: co ci się nie podoba?

Wahał się, jak gdyby żałował swego odezwania, lub nie mógł znaleźć słów do wyrażenia myśli.

— Jakieś niebezpieczeństwo grozi sir Henrykowi … — rzekł wreszcie. — Byłoby najlepiej, gdyby wyjechał do Londynu.

— Cóż cię zaniepokoiło?

— Powiem panu szczerze: przewiduję nowe nieszczęście … Po co tamten ukrywa się na bagnie? … To nie zapowiada nic dobrego dla Baskervillów. Chciałbym już, żeby nowa służba zwolniła mnie z dozoru nad pałacem.

— Czy mógłbyś mi co powiedzieć o tym nieznajomym? Co o nim myśli Seldon? Czy odnalazł jego kryjówkę? Czy dowiedział się, co on tu robi?

— Widział go parę razy, ale tamten jest skryty. W pierwszej chwili mój szwagier miał go za szpiega, ale niebawem przekonał się, że to gentleman i że działa na własną rękę w jakimś celu tajemniczym.

— Czy Seldon nie odszukał jego kryjówki?

— Wie, że nieznajomy chowa się w jednej z jaskiń na stoku góry, tam, gdzie to mieszkali dawni ludzie.

— A skąd dostaje żywność?

— Seldon wypatrzył, że jakiś chłopak zaopatruje go we wszystko. Ten chłopak chodzi do Coombe-Tracey.

— Dobrze, Barrymore. Pogadamy jeszcze o tem.

Po odejściu kamerdynera, zbliżyłem się do okna i spojrzałem na ciemną łąkę. Noc była chłodna, wietrzna. Jakież pobudki mogły skłonić człowieka do ukrywania się na bagnie o takiej porze roku? … Tam, w tej jaskini jest klucz do tajemnicy. Przysięgam sobie, że muszę ją odkryć, i to w ciągu dwudziestu czterech godzin.

Rozdział XI.
Nieznajomy, ukrywający się w jaskini

Wyjątek z dziennika, stanowiący ostatni rozdział opowiadania, doprowadził mnie do 18-go października, to jest do dnia, w którym te dziwne wypadki zaczęły się rozplątywać. Fakty następnych dni pozostały tak żywo w mojej pamięci, że mogę je opowiedzieć bez zaglądania do notatek.

Zaczynam więc od dnia, następującego po tym, w którym wykryłem dwa bardzo ważne fakty: a więc naprzód, że pani Laura Lyons z Coombe-Tracey pisała do sir Karola Baskerville i wyznaczyła mu spotkanie o godzinie, w której śmierć znalazł; powtóre, że człowiek, przebywający na bagnie, ukrywa się w jednej z jaskiń na stoku góry.

Znając te dwa fakty, miałem w ręku oręż, który mógł mi pomódz do wyjaśnienia tej krwawej zagadki.

Nie mogłem podzielić się zdobytemi wiadomościami z baronetem, albowiem doktor Mortimer pozostał do późnej nocy. Nazajutrz jednak przy śniadaniu opowiedziałem sir Karolowi te okoliczności i spytałem, czy chce mi towarzyszyć do Coombe-Tracey.

W pierwszej chwili miał ochotę jechać, ale po namyśle uznaliśmy obaj, że będzie lepiej, abym wyruszył sam na tę wyprawę. Należało odjąć wizycie wszelki charakter uroczysty. Zostawiłem więc sir Henryka w domu i pojechałem na zwiady.

Łatwo mi przyszło dowiedzieć się o adresie mrs. Lyons. Mieszkała w dobrym punkcie, w środku miasta. Zostałem odrazu wprowadzony przez schludną pokojówkę do bawialni. Pani Lyons siedziała przy maszynie Remingtona; zerwała się na moje powitanie, lecz ujrzawszy nieznajomego, zmieszała się i spytała, czego sobie życzę.

Na pierwszy rzut oka, mrs. Lyons robiła wrażenie osoby niezwykle pięknej: miała oczy i włosy złocisto-*brunatne, cerę świeżą, usta ponsowe. Byłem zachwycony jej urodą, lecz przyjrzawszy się bliżej, dostrzegłem ostry wyraz ust i oczu, psujący ogólną harmonię. Bądź co bądź, znajdowałem się wobec kobiety ślicznej, i teraz dopiero uczułem, że moje zadanie jest trudne. Cóż mogłem jej odpowiedzieć?

— Znam ojca pani — rzekłem, tłómacząc tem moje przybycie.

— Niema nic wspólnego pomiędzy mną a ojcem — odparła chłodno. — Nie zawdzięczam mu nic zgoła, i jego znajomi nie są moimi. Gdyby nie sir Karol Baskerville i paru innych przyjaciół, umarłabym z głodu, choć mam ojca …

— Właśnie przybywam do pani w sprawie nieboszczyka sir Karola — oświadczyłem.

Spojrzała na mnie ze zdziwieniem.

— Cóż mogę panu o nim powiedzieć? — rzekła, bawiąc się łańcuszkiem od zegarka.

— Wszak go pani znała?

— Mówiłam już panu, że wiele mu zawdzięczam. Jeżeli mogę pracować na swoje utrzymanie, to głównie dzięki jego dobroci dla mnie.

— Czy pani z nim korespondowała?

Dziwny błysk zapalił się w jej oczach.

— Dlaczego mnie pan pyta? — rzekła ostro.

— Aby pani oszczędzić publicznego skandalu. Lepiej, że ja dowiem się prawdy, niż żeby została ujawniona wobec świata …

Milczała długo; wreszcie spojrzała na mnie z tłumionym gniewem.

— Dobrze, odpowiem — rzekła. — O co panu chodzi?

— Czy pani korespondowała z sir Karolem? — ponowiłem moje pytanie.

— Naturalnie, pisywałam do niego, aby mu podziękować za jego delikatność i wspaniałomyślność.

— Czy pani zapamiętała daty swoich listów?

— Nie.

— Czy pani widywała sir Karola?

— Tak, parę razy, gdy przyjeżdżał do Coombe-Tracey. Żył w osamotnieniu. Lubił świadczyć dobrodziejstwa z ukrycia …

— Jeżeli widywał panią tak rzadko i otrzymywał od pani nieczęste listy, skądże mógł być do tego stopnia poinformowany o jej interesach, aby przychodzić jej z pomocą, jak to pani sama zeznała?

Odrzekła mi na to bez namysłu:

— Kilku sąsiadów znało moje smutne dzieje; złączyli się, aby mi przyjść z pomocą; między innymi pan Stapleton, przyjaciel sir Karola, był dla mnie bardzo dobry. Przez niego baronet poznał moje przykre położenie.

Wiedziałam istotnie, że sir Karol uczynił Stapletona swoim jałmużnikiem, więc uwierzyłam tym słowom.

— Czy pani kiedy pisała do sir Baskervilla, prosząc go o widzenie się na cztery oczy? — ciągnąłem dalej.

Pani Lyons poczerwieniała.

— Dziwne to pytanie … — rzekła, udając obrażoną.

— Przykro mi, ale muszę je powtórzyć.

— A więc — nie; nie wyznaczałam mu nigdy spotkań.

— Ani w dzień śmierci sir Karola? … — rzekłem z naciskiem.

Rumieniec znikł z jej twarzy, w jednej chwili zbladła śmiertelnie. Usta jej poruszyły się bezdźwięcznie, wyszeptała „nie" tak cicho, że domyśliłem się raczej, niż usłyszałem to słowo.

— Zapewne pamięć zawodzi panią … — rzekłem — bo mógłbym nawet przytoczyć jeden ustęp z jej listu, a mianowicie: „Proszę i zaklinam, abyś pan ten list spalił i stawił się przy furtce o dziesiątej wieczorem".

Była blizką omdlenia, zapanowała jednak nad sobą.

— Więc już niema w Anglii gentlemenów! … — szepnęła z goryczą.

— Pani krzywdzisz pamięć sir Karola — rzekłem. — On ten list spalił, ale można odczytać list nawet po spaleniu … Czy pani przyznaje się do tych słów?

— Tak, napisałam je! — zawołała nagle — napisałam. Nie potrzebuję się zapierać! Nie mam powodu wstydzić się. Chciałam prosić sir Karola o pomoc. Sądziłam, że mi jej udzieli po rozmowie na cztery oczy i dlatego prosiłam go, żeby stawił się u furtki.

— Ale czemu o takiej godzinie? …

— Bo dowiedziałam się właśnie, że wyjeżdża nazajutrz do Londynu i że jego nieobecność potrwa kilka miesięcy. Były powody, dla których nie mogłam przybyć tam wcześniej.

— Dlaczego wyznaczyłaś mu pani spotkanie w ogrodzie, nie zaś w pałacu?

— Czy pan sądzi, że kobieta może bezkarnie odwiedzać mężczyznę bezżennego o takiej godzinie?

— I cóż się stało, gdyś pani przybyła do furtki?

— Nie stawiłam się wcale.

— Mrs. Lyons, trudno mi w to uwierzyć.

— Przysięgam panu na wszystko, co mi jest świętem i drogiem, że mówię prawdę. Nie pojechałam, bo mi coś przeszkodziło.

— Co takiego?

— To sprawa osobista, prywatna. Nie mogę powiedzieć.

— A zatem przyznaje pani, że wyznaczyła sir Karolowi spotkanie o godzinie i na miejscu, gdzie go znaleziono trupem; przeczy pani jednak, że stawiła się na miejscu umówionem …

— Mówię prawdę.

Zadałem jej jeszcze kilka pytań, chcąc ją skłonić do wyznań, ale nadaremnie.

— Mrs. Lyons — rzekłem, wstając — bierze pani na siebie wielką odpowiedzialność i stawia się pani w trudnem położeniu. Jeżeli będę zmuszony wezwać pomocy policyi, wtedy dopiero przekonasz się pani, jak dalece jesteś skompromitowaną. Gdybyś pani była niewinną, to w pierwszej chwili nie zaprzeczyłabyś, żeś pisała tego dnia do sir Karola.

— Zaprzeczyłam, w obawie, aby nie wyciągnięto z tego wniosków fałszywych i żeby nie być wplątaną w skandal.

— A dlaczego zależało pani tak bardzo na tem, aby sir Karol ów list spalił?

— Jeżeli pan go przeczytał, to musi pan wiedzieć, dlaczego.

— Nie mówiłem, żem czytał cały list.

— Przytoczyłeś pan jeden ustęp dosłownie.

— Tak, dopisek. List, jak już raz nadmieniłem, został spalony i nie można go było odczytać. Raz jeszcze pytam panią: dlaczego nalegałaś, aby sir Karol spalił list, który otrzymał w dniu swojej śmierci?

— To sprawa czysto osobista.

— Tembardziej powinno pani chodzić o oszczędzenie publicznego śledztwa.

— A więc powiem panu. Słyszał pan zapewne o mojej smutnej historyi i musi pan wiedzieć, że wyszłam za mąż zbyt pośpiesznie i że miałam powód tego żałować.

— Słyszałem.

— Moje życie było szeregiem prześladowań ze strony męża, którego nienawidzę. Prawo jest po jego stronie. Lyons każdej chwili może zażądać, abym z nim żyła. Przed napisaniem owego listu do sir Karola, dowiedziałam się właśnie, że jest sposób odzyskania wolności, lecz że wymaga to znacznych kosztów. Byłoby to dla mnie spokojem, szczęściem, wszystkiem na świecie. Znałam hojność sir Karola i sądziłam, że gdy usłyszy te smutne dzieje z moich własnych ust, dopomoże mi niewątpliwie.

— Więc dlaczego pani nie poszła na miejsce umówione?

— Bo otrzymałam pomoc z innego źródła.

— Czemuż więc nie uprzedziłaś pani o tem sir Karola?

— Byłabym to uczyniła, gdybym nazajutrz nie wyczytała w dziennikach wiadomości o jego śmierci.

Słowa pani Lyons były dość logicznie powiązane, nie mogłem jej złapać na sprzeczności. Pozostawało tylko sprawdzić, czy istotnie w owym czasie przedsięwzięła kroki rozwodowe.

Wierzyłem, iż tej nocy nie była w Baskerville-Hall, bo widzianoby konie i wehikuł przy furtce; taka wycieczka nie utrzymałaby się w tajemnicy. Mrs. Lyons mówiła więc prawdę, lub część prawdy.

Wyszedłem zniechęcony. Więc znowu rozbijałem się o mur, zagradzający dalszą drogę odkryć! A jednak, im bardziej przypominałem sobie każdy rys jej twarzy i każde słowo, tem pewniejszy byłem, że nie powiedziała mi wszystkiego.

Bo i czemuż zbladła w pierwszej chwili? Czemu nie odrazu przyznała się do listu? … Niewątpliwie była winniejszą, niż się przedstawiała.

Musiałem tymczasowo poprzestać na jej informacyach i zwrócić się po dalsze, w inną stronę — ku jaskiniom naszych przedhistorycznych przodków.

Ale niełatwo było odnaleźć nieznajomego na podstawie ogólnikowej wskazówki. Barrymore powiedział mi, że nieznajomy ukrywa się w jednej z jaskiń, ale takich jaskiń było mnóstwo na każdym kroku. Pamiętałem jednak skałę, na której ukazała mi się postać w blasku księżyca. Ta skała, Black-Tor (Czarne Wrota) miała mi służyć za drogowskaz. Od niej miałem zacząć poszukiwania. Obiecywałem sobie, że znajdę nieznajomego i że musi mi wyznać, dlaczego tu przebywa. Łatwiej mu było umknąć na Regent-Street, niż na tej otwartej równinie. Wyśliznął się pomiędzy palcami wielkiego Holmesa. Jakiż byłby dla mnie tryumf, gdybym go zdołał schwytać!

Dotychczas w mojem śledztwie nie dopisywało mi szczęście — teraz uśmiechnęło się do mnie. Zwiastunem dobrej wieści był pan Frankland.

Stał właśnie przy furtce swego ogrodu, wznoszącego się przy gościńcu.

— Dzień dobry, doktorze Watson! — zagadnął mnie w chwili, gdym przejeżdżał mimo jego siedziby. — Daj koniom odpocząć, a sam zechciej wstąpić do mnie na kieliszek wina.

Nie żywiłem dla niego uczuć przyjaznych po tem com słyszał o jego postępowaniu z córką, ale chciałem jaknajprędzej odprawić grooma Perkinsa z wehikułem i końmi. Korzystając więc ze sposobności, wysiadłem i kazałem powiedzieć sir Henrykowi, że wrócę dopiero na obiad i że przyjdę pieszo.

Wszedłem do domu Franklanda.

— Powinszuj mi pan! — zawołał na wstępie. — Jest to dla mnie dzień pamiętny; zapiszę go sobie czerwonym ołówkiem, przyniósł mi bowiem zadowolenie podwójne: naprzód, dał mi sposobność wykazania im, że nie można deptać prawa bezkarnie: odkryłem dokument, stwierdzający, że przez park starego Middletona, o sto yardów od dworu, powinna iść droga publiczna. Nauczę tych magnatów, że nie wolno im pozbawiać zwykłych śmiertelników tego, co im się słusznie należy. Im się zdaje, że prawo własności istnieje tylko dla nich. Nie miałem tak miłego dnia od chwili, gdym pozwał sir Johna Morland o bezprawne polowanie w jego własnym lesie. Ta sprawa kosztowała mnie dwieście funtów, ale ją wygrałem, bo na podstawie starych akt dowiodłem, iż ta część lasu należy do włościan. Muszę pana objaśnić, że nie byłem wcale interesowany. Działam zawsze dla dobra publicznego. Ot, i druga sprawa nie obchodzi mnie osobiście, a jednak wykryłem rzecz bardzo ważną.

Przed chwila, myślałem: pod jakimby pozorem wymknąć się od dziwaka; teraz zaczynał mnie zaciekawiać, ale znając jego przekorną naturę, wiedziałem, że nic mi nie powie, jeśli się zdradzę z ciekawością.

— Chodzi zapewne o jaki nowy proces? — rzekłem obojętnie.

— Ho, ho! mój chłopcze, źle się domyślasz. Słyszałeś zapewne o zbiegu, ukrywającym się na bagnie?

Drgnąłem mimowoli.

— Czyżbyś pan znał jego kryjówkę? — zagadnąłem.

— Nie mógłbym jej oznaczyć dokładnie, ale moje wskazówki oddałyby usługę policyi. Czy nie przychodziło panu na myśl, iż jedynym sposobem schwytania tego łotra, jest wyśledzić, skąd i gdzie otrzymuje żywność; po takim tropie najłatwiej dojść do jego kryjówki.

Dowodzenie było bardzo logiczne.

— Bezwątpienia — odparłem — ale skąd pan wie, że on kryje się na bagnie?

— Wiem, bo na własne oczy widziałem tego, który mu nosi prowianty.

Zaniepokoiłem się o Barrymora. Niebezpiecznie było dostać się na pastwę przekornego starca. Jego następne słowa zdjęły mi kamień z serca.

— Zdziwi się pan, słysząc, że dostarcza mu żywności dziecko — rzekł. — Widuję małego chłopaka przez mój teleskop, umieszczony na dachu. Idzie zawsze jedną i tą samą ścieżką, o jednej i tej samej godzinie. A gdzieżby chodził, i po co, jeśli nie dla prowiantowania więźnia?

Dzięki Bogu! Frankland był na fałszywym tropie. Udawałem, że ta wiadomości jest mi zupełnie obojętną.

Już Barrymore mówił mi, że nieznajomego obsługuje chłopak. A więc Frankland odkrył ślad postaci tajemniczej, nie zaś Seldona. Jeżeli potrafię wydobyć z niego więcej faktów, oszczędzi mi to czasu i trudu. Niedowiarstwo mogło jedynie skłonić Franklanda do udzielenia mi bliższych informacyj.

Widząc, że nie przywiązuję wagi do jego słów, zaperzył się, poczerwieniał jeszcze bardziej i spojrzał na mnie złośliwie.

— Więc pan wątpi? — zawołał. — Spojrzyj pan przed siebie. Widzisz skałę, zwaną Black-Tor? Sterczy na nagim pagórku, wśród dzikiej, kamienistej płaszczyzny. Pan sądzi, że ten chłopak jest pastuchem? Pozwól sobie powiedzieć, że to przypuszczenie jest niedorzeczne. Niema tam ani źdźbła trawy, więc cóżby skubała trzoda, a bez trzody niema pastucha.

Odpowiedziałem pokornie, że uznaję nietrafność mojej hypotezy. Rozbroiło go to, skłaniając do dalszych wynurzeń.

— Wierzaj mi pan, że zanim wyrażę mój sąd, staram się go oprzeć na pewnych danych. Widuję chłopaka z zawiniątkiem codziennie, a czasem dwa razy na dzień. Poczekaj pan chwilkę. Jeżeli mnie oczy nie mylą, coś porusza się na górze …

Od danego miejsca dzieliło nas kilka mil, lecz mogłem wyraźnie dojrzeć czarny punkcik.

— Chodź pan, chodź — zawołał Frankland, biegnąc na górę. — Zobaczysz pan na własne oczy i przekonasz się, że na wiatr nie mówię.

Na dachu ustawiony był olbrzymi teleskop. Frankland spojrzał przez niego i krzyknął z radości:

— Śpiesz się, doktorze, bo przejdzie na drugą stronę góry! …

Istotnie ujrzałem malca, niosącego zawiniątko na plecach. Wspinał się pod górę powoli. Gdy doszedł do szczytu, ujrzałem wyraźnie jego drobną postać na tle nieba. Rozejrzał się dokoła, jak gdyby obawiał się pogoni, następnie spuścił się drugim stokiem.

— No i cóż? Mam racyę? — zagadnął Frankland.

— Tak, widziałem chłopca na własne oczy; z jego zachowania się można poznać, że spełnia jakąś misyę potajemną.

— A jaką, łatwo się domyśleć … Ale nie pisnę słówka przed policyą i pana proszę o sekret. Ani słowa, pamiętaj! …

— Jeżeli panu na tem zależy …

— Tak, chcę im zrobić na złość. Postąpili ze mną nikczemnie w sprawie przeciw włościanom. Nie myślę dopomagać *konstablom*. Pan już odchodzi? … Nie puszczę! Musimy „oblać” to odkrycie.

Nie dałem się jednak uprosić i potrafiłem go odwieść od zamiaru towarzyszenia mi do Baskerville-Hall. Trzymałem się gościńca, dopóki mógł mnie widzieć, następnie skręciłem w bok i dążyłem w stronę góry, po której przeszedł chłopak.

Wszystko mi sprzyjało; postanawiałem skorzystać z okoliczności i dziś jeszcze tę tajemnicę wykryć.

Słońce już było na zachodzie, gdym doszedł do szczytu góry. Cała równina była pogrążona w ciszy grobowej. Nie było nigdzie chłopca. Rozglądając się dokoła wśród rozrzuconych kamieni, dojrzałem trzy, tak ułożone, że mogły służyć za kryjówkę. Serce zabiło we mnie żywiej. Tu musiał przebywać nieznajomy.

Zbliżywszy się, spostrzegłem dwa kamienie, stojące prostopadle; jeden leżał na nich poziomo. Wszedłem do tej skalistej nory, a przyznaję, że z pewną obawą. Miejsce było puste, ale były w niem ślady, że zamieszkiwała je ludzka istota. Na płaskim, wygrążonym kamieniu, który zapewne służył przedhistorycznemu człowiekowi za łoże, była kołdra, zawinięta w pled, na ziemi pozostał jeszcze popiół od zagaszonego ogniska, obok były rondelki i blaszana konewka z wodą, w drugim rogu dostrzegłem butelkę z *ginem*. Pośrodku był płaski kamień, w rodzaju stołu; leżało na nim zawiniątko — to samo zapewne, które przez teleskop widziałem na plecach chłopaka. Rozwiązałem je — był tam bochenek chleba, wędzony ozór i dwa słoiki owocowych konserwów. Pod prowiantami leżał kawałek papieru. Wziąłem go do rąk i w świetle zapałki odczytałem te słowa, skreślone ołówkiem, ręką niewprawną:

— „Dr. Watson pojechał do Coombe-Tracey".

Przez chwilę stałem z kartką w ręku, nie rozumiejąc, co znaczy to uwiadomienie. A więc śledzono nie sir Henryka, lecz mnie … Tajemniczy nieznajomy, nie mogąc sam mnie tropić, polecił to owemu chłopcu. Ten donosił mu zapewne o każdym moim kroku.

Szukałem innych kartek, ale napróżno; nie mogłem też znaleźć niczego, coby mnie objaśniło o zamiarach człowieka, który obrał tak dziwne miejsce pobytu. Bądź co bądź, odznaczał się spartańskiemi obyczajami … Wśród dni słotnych kapało mu pewno na głowę, kostniał z zimna wśród chłodnych nocy, a jednak nie opuszczał swej kryjówki. Ważny cel przykuwał go zapewne do tej nory … Poprzysiągłem sobie, te stąd nie wyjdę, dopóki nie dowiem się, czy ten człowiek jest naszym przyjacielem, czy wrogiem.

Słońce już spuszczało się nisko, w blasku złota i purpury; po jednej stronie sterczały wieże Baskerville-Hall, po drugiej były bagna Grimpen-Mire, a w bok na prawo, wznosił się dom Stapletonów. W naturze był rozlany spokój, tylko moja dusza była wzburzona. Usiadłem u wejścia do jaskini i czekałem na przybycie jej lokatora.

Nareszcie doszedł mnie odgłos jego kroków. Wsunąłem się w najciemniejszy kącik i wyjąłem rewolwer z kieszeni. Kroki umilkły, nagle cień zasłonił otwór.

— Mamy piękny wieczór, kochany Watson — rzekł głos, dobrze mi znany. — Sądzę, że ci będzie lepiej na powietrzu, niż tutaj …

Rozdział XII.
Śmierć na bagnie

Przez chwilę siedziałem z zapartym oddechem, oczom własnym nie wierząc, wreszcie odzyskałem głos, powróciła mi przytomność, a jednocześnie spadł z serca kamień odpowiedzialności. Taki głos ironiczny, chłodny, miał tylko jeden człowiek na świecie.

— Sherlock! — zawołałem.

— Wychodź, a proszę cię, bądź ostrożny z rewolwerem.

Stanąłem w kamiennym otworze i ujrzałem Holmesa o parę kroków przed sobą. Siedział na kamieniu i patrzał na mnie wesoło. Był blady, wychudzony, miał twarz ogorzałą, ale bieliznę tak czystą, a brodę tak starannie wygoloną, jak gdyby znajdował się w swojem mieszkaniu przy Baker-Street.

— Jakże się cieszę, że to ty! — zawołałem, ściskając mu rękę.

— A czy się nie dziwisz? — zagadnął.

— Przyznaję, że tak.

— I ja jestem zdziwiony — odrzekł. — Nie spodziewałem się, że odnajdziesz moją kryjówkę, a tem mniej, że cię tu zastanę. Spostrzegłem twą obecność dopiero, gdym był o dwadzieścia kroków od tej jaskini.

— Poznałeś mnie po odbiciu stóp?

— Nie, Watson, nie umiałbym rozróżnić twoich śladów z pośród innych. Lecz gdy chcesz mnie wywieść w pole, radzę ci używać innych papierosów, bo ilekroć ujrzę munsztuk z marką fabryczną Broadley, Oxford Street, zawsze się domyślę, iż mój przyjaciel Watson jest w pobliżu. Patrz, rzuciłeś niedopalony papieros, zapewne w chwili, gdyś zdecydował się wejść do tej jaskini.

— Istotnie.

— Tak przypuszczałem, a znając twoją odwagę, byłem pewien, że zaczaiłeś się z rewolwerem w garści, czekając na powrót „lokatora” tej siedziby. A więc sądziłeś, że to ja jestem zbrodniarzem?

— Nie wiedziałem, kim jesteś, ale poprzysiągłem sobie wykryć tajemnicę.

— Kiedy się dowiedziałeś o przebywaniu drugiego człowieka na bagnie? Dostrzegłeś mnie może owej nocy, gdy byłem tak nieostrożny i stanąłem na tle tarczy księżycowej?

— Tak, wtedy cię ujrzałem.

— I niewątpliwie zaglądałeś pod wszystkie kamienie, zanim natrafiłeś na moją kryjówkę?

— Nie; dostrzeżono twojego chłopaka i to mi posłużyło za drogowskaz.

— Dojrzał go zapewne stary gentleman przez teleskop. Gdym zobaczył po raz pierwszy blask od soczewki, nie mogłem zmiarkować, co to takiego.

Wstał i wszedł do jaskini.

— Ha! widzę, że Cartwright przyniósł mi prowianty ... Jest i zabazgrany papier. A więc jeździłeś do Coombe-Tracey?

— Tak.

— Żeby się rozmówić z panią Laurą Lyons?

— Nieinaczej.

— Dobrze. Bardzo dobrze! Nasze wywiady szły równoległymi drogami, a gdy połączymy badania, musimy dotrzeć do dna prawdy.

— Cieszę się ogromnie, że tu jesteś, bo już nerwy zaczynały mi odmawiać posłuszeństwa. Ale jakim sposobem znalazłeś się na bagnie i co tu porabiasz? Sądziłem, ze siedzisz spokojnie przy Baker-Street i zajmujesz się sprawą o wyzysk.

— Chciałem, żebyś tak sądził.

— Więc używasz mnie do roboty, a jednak mi nie ufasz ... — zawołałem z goryczą. — Zdaje mi się, że zasłużyłem na zaufanie.

— Mój drogi, jesteś poprostu nieoszacowany; w wielu razach oddałeś mi znakomite usługi, jestem ci wdzięczny i mam nadzieję, że mi przebaczysz ten fortel. Dopuściłem go się poczęści ze względu na ciebie: znając niebezpieczeństwo, na jakie się narażasz, chciałem je zbadać sam, na miejscu. Gdybym przebywał z tobą i z sir Henrykiem, dzieliłbym zapewne wasze poglądy na tę sprawę, a moja obecność zmusiłaby naszego przeciwnika do zdwojonej baczności. W obecnym stanie rzeczy dokonałem tego, czegobym nie mógł zrobić, mieszkając w Baskerville-Hall, a w dodatku pozostaję w ukryciu. W chwili potrzeby, wystąpię z całą energią i siłą.

— Ale czemuż ukrywałeś się przedemną?

— Bo w razie przeciwnym nie wstrzymałbyś się od komunikowania się ze mną; zechciałbyś mnie zaopatrywać w lepsze jadło, cieplejszą odzież i wprowadziłbyś tamtych na mój ślad. Przywiozłem ze sobą Cartwrighta — pamiętasz tego malca z hotelu — on myślał o mnie: przynosił mi chleb i czystą bieliznę. Czegóż mi więcej potrzeba? Dał mi przytem parę bystrych oczu i parę zwinnych nóg, co jest pożądane.

— A więc moje listy były niepotrzebne?

Holmes wyjął paczkę listów.

— Oto twoje sprawozdania —rzekł. — Dostawałem je z 24 godzinnem opóźnieniem i oddały mi znaczne usługi. Muszę cię pochwalić za gorliwość i spryt, których dowiodłeś w tej niezwykłej sprawie.

Serdeczne słowa Holmesa rozproszyły mój żal do niego, tembardziej, iż czułem, że lepiej się stało, żem nie wiedział o jego przebywaniu na bagnie.

— A teraz opowiedz mi twoją wizytę u mrs. Lyons — rzekł. — Nietrudno mi było domyśleć się, że jeździłeś do niej, gdyż wiem, że ona jedna w Coombe-Tracey może nam dostarczyć potrzebnych informacyj. Coprawda, gdybyś nie był rozmówił się z nią dzisiaj, ja byłbym do niej poszedł jutro.

Słońce już zaszło, powietrze ochłodziło się. Weszliśmy do jaskini. Usiadłszy na kamieniu obok Holmesa, opowiedziałem mu moją rozmowę z panią Lyons.

— To bardzo ważny szczegół — poświadczył. — Wypełnia lukę, której nie zdołałem pokryć. Wiesz zapewne, że pomiędzy tą damą a Stapletonem zachodzą bardzo blizkie stosunki? …

— Nie wiedziałem.

— To rzecz pewna … Widują się, pisują do siebie, są w porozumieniu serdecznem … Ta wiadomość jest niebezpiecznym orężem w naszem ręku. Gdyby tylko udało się zniechęcić do Stapletona jego żonę! …

— Żonę?

— Teraz ja udzielę ci garstkę informacyj wzamian za te, których ty mi dostarczyłeś. Dama, uchodząca tutaj za miss Stapleton, jest wistocie jego żoną.

— To niemożliwe! Czyżby on pozwalał sir Henrykowi starać się o własną żonę …

— Co mu to szkodzi, że sir Henryk zakochał się? On ze swojej strony, jak to sam spostrzegłeś, dokładał wszelkich starań, aby sir Henryk nie objawiał i nie wynurzał swych uczuć … Powtarzam ci: ta piękna dama jest nie siostrą, lecz żoną Stapletona.

— Więc czemuż ta komedya?

— Stapleton przewidywał, że ona może mu oddać usługi w charakterze osoby wolnej.

Wszystkie moje posądzenia ożyły. Ten człowiek chłodny, nieprzenikniony, do którego od pierwszej chwili wstręt uczułem, wydawał mi się teraz potworem o słodkim uśmiechu.

— On, nie kto inny, jest naszym wrogiem; on nas śledził w Londynie! … — oświadczył Holmes.

— A ostrzeżenie wyszło zapewne od niej?

— Niewątpliwie — potwierdził mój przyjaciel.

— Jakim sposobem dowiedziałeś się, że ta kobieta jest jego żoną? — spytałem.

— Dzięki temu, że on sam wyjawił ci pewien szczegół ze swego życia; sądzę, że musiał żałować tej nieostrożności. Przy pierwszem z tobą spotkaniu mówił, że kierował kiedyś szkołą w północnej Anglii. Otóż niema nic łatwiejszego, jak wytropić nauczyciela. Istnieją agencye szkolne, za pomocą których można dowiedzieć się szczegółów z życia każdego nauczyciela, a tembardziej kierownika zakładu. Po krótkiem badaniu stwierdziłem, że jedna szkoła została zamknięta z powodu okropnych nadużyć. Nazwisko jej kierownika było inne; ten człowiek zniknął bez śladu. Rysopis zgadzał się, a gdy jeszcze dowiedziałem się, że ów przełożony odddawał się z zapałem entomologii, nie miałem już żadnych wątpliwości.

— Jeżeli ta kobieta jest istotnie jego żoną, jakiż jego stosunek do pani Lyons?

— Twoja rozmowa z tą damą rzuciła właśnie światło na ten punkt ciemny. Nie wiedziałem, że pani Lyons chce się rozwodzić. Widocznie ma nadzieję wyjść za Stapletona.

— A gdy się zawiedzie w tych nadziejach?

— Ha! wtedy odda się na nasze usługi. Przedewszystkiem musimy obaj widzieć się z nią jutro. Ale czy nie znajdujesz, Watson, że zbyt długo pozostawiłeś pupila bez swej opieki? … Twoje miejsce obecnie w Baskerville-Hall.

Ostatnie promienie słońca gasły na zachodzie.

— Jeszcze jedno pytanie — rzekłem, wstając. — Wszak między nami nie powinno być sekretów. Powiedz mi, jaki on ma w tem cel?

Holmes zniżył głos.

— Jego celem jest ... morderstwo — chłodne, wyrafinowane — odparł. — Nie pytaj mnie o szczegóły. Oplątuję go w sieci, tak, jak on — sir Henryka. Jednego tylko obawiam się, a mianowicie, żeby on nie wykonał swego zamiaru, zanim będziemy gotowi do walki. Jeszcze jeden dzień, dwa najwyżej, a będę w stanie zmierzyć się z tym łotrem, ale tymczasem strzeż sir Henryka; żałuję nawet, żeś go dziś opuścił.

Straszny jęk przerwał ciszę. Krew zamarła w mych żyłach.

— Co to takiego? — zawołałem.

Holmes zerwał się na nogi, wybiegł przed jaskinię, nastawił ucha.

— Cicho! — szepnął — cicho!

Ten sam jęk powtórzył się bliżej, dźwięczał w nim strach i ból.

— Skąd to dochodzi? — spytał Holmes szeptem.

— Zdaje mi się, że ztamtąd — odparłem, wskazując na lewo.

— Nie, nie — zaprzeczył.

I znowu rozdarł ciszę okrzyk, pełen rozpaczy i trwogi. Towarzyszył mu teraz dziki pomruk.

— To pies! — zawołał Holmes. — Biegnijmy na pomoc! Prędzej! Prędzej!

Rzucił się naprzód, ja za nim. Po raz trzeci, do uszu naszych doleciał jęk ludzki i straszne warczenie. Stanęliśmy, nasłuchując. Znowu zaległa cisza.

Holmes załamał ręce. Nigdy jeszcze nie widziałem go tak bezradnym.

— Zapóźno już, zapóźno! ... — mówił z rozpaczą. — Że też siedziałem tu, jak bałwan, z założonemi rękoma! ... A ty, jak mogłeś wypuścić z opieki sir Henryka! ...

Biegliśmy dalej wśród ogarniającej nas mgły i coraz większych ciemności.

— Czy nic nie widzisz? — spytał mnie Holmes.

— Nie — odparłem.

— A to co takiego? — zawołał nagle.

Dało się słyszeć rzężenie. Dolatywało z po za nagiej skały, sterczącej przed nami. Podbiegliśmy i oczom naszym przedstawił się straszny widok. U stóp skały, twarzą, do ziemi, z rozpostartemi rękoma, leżał mężczyzna już martwy. To rzężenie było jego ostatnim oddechem.

Potarłem zapałkę — w jej świetle ujrzeliśmy coś od czego krew zastygła nam w żyłach; martwe zwłoki sir Karola Baskerville.

Znaliśmy obaj kraciasty garnitur — ten sam, w którym ukazał nam się po raz pierwszy w mieszkaniu Holmesa. Zapałka zgasła, a z nią nadzieja w naszych sercach.

— Nie daruję sobie nigdy, żem go zostawił samego ... — szepnąłem.

— Ja jestem jeszcze winniejszy, Watson. Dla „zaokrąglenia" i „uzupełnienia" dowodów naraziłem życie mojego klienta ... Jest to największy cios, jaki mnie kiedykolwiek spotkał w moim fachu! ... Ale skąd mogliśmy przewidzieć, że pomimo naszych próśb i ostrzeżeń puści się sam na to przeklęte bagno? ...

— I pomyśleć, że słyszeliśmy jego jęki i nie mogliśmy nadbiedz mu z pomocą. ... Gdzież jest ten pies przeklęty? Lada chwila może wyskoczyć z za skały ... A gdzie Stapleton? Pociągniemy go do odpowiedzialności!

— Tak, nie omieszkam tego uczynić — mówił Holmes. — Stryj i synowie zostali zamordowani! — to nie ulega wątpliwości. Jednego wystraszono na śmierć samym widokiem tego zwierza, które wziął za nadprzyrodzone zjawisko; drugi spadł ze skały, uciekając przed tym potworem ... Ale trzeba wykazać łączność pomiędzy psem i jego ofiarą. Jakże dowiedziemy istnienia tego czworonożnego potwora? ... Sir Henryk umarł widocznie skutkiem upadku. Ale pomimo całej swej przebiegłości, Stapleton nie wymknie się z rąk policyi! ...

Staliśmy nad zwłokami, bezradni wobec katastrofy, która obróciła w niwecz wszystkie nasze zabiegi. Wreszcie zeszedł księżyc; weszliśmy na szczyt skały, z której spadł nasz nieszczęśliwy przyjaciel i ogarnęliśmy okiem ponurą płaszczyznę, osrebrzoną teraz łagodnym blaskiem księżyca.

Daleko, w stronie Grimpen-Mire, błyszczało żółte światełko. Płonęło ono niewątpliwie w domu Stapletona. Zacisnąłem pięść w bezsilnym gniewie.

— Aresztujmy go zaraz! — krzyknąłem.

— Nie mamy jeszcze dowodów — przekładał Holmes. — Ten nędznik jest przebiegły, potrafi się bronić. Chodzi nie o to, co wiemy, lecz o to, co zdołamy dowieść. Jeden krok fałszywy, a wyśliźnie nam się pomiędzy palcami.

— Cóż nam teraz pozostaje?

— Będziemy radzili jutro; dziś trzeba pomyśleć o oddaniu ostatniej posługi przyjacielowi.

Zeszliśmy ze skały i zbliżaliśmy się do zwłok, oświetlonych teraz księżycem.

— Trzeba sprowadzić ludzi — rzekłem. — We dwóch nie przeniesiemy go do Baskerville-Hall. Co ci jest? Czyś oszalał? …

Holmes, patrząc na trupa, śmiał się, ręce zacierał. Cóż się stało mojemu przyjacielowi, tak poważnemu zazwyczaj? …

— Broda! Broda! Ten człowiek miał brodę! — wołał.

— Brodę? — podchwyciłem.

— To nie sir Henryk. To mój sąsiad — skazaniec!

Z gorączkową skwapliwością odwróciliśmy zwłoki twarzą do księżyca. Nie było wątpliwości: skrwawione czoło, zapadłe oczy, ruda broda — tak to Seldon.

W jednej chwili zrozumiałem, jak się rzeczy miały. Baronet mówił mi, że swoją starą garderobę ofiarował Barrymorowi. Widocznie Barrymore, na prośbę żony, obdarzył nią Seldona, aby mu ułatwić ucieczkę. Buty, czapka, garnitur — wszystko było sir Henryka. Straszny los spotkał więźnia, ale ten człowiek zasłużył na karę i byłby ją poniósł z ramienia sprawiedliwości. Wytłómaczyłem Holmesowi przyczynę naszej pomyłki.

— To ubranie jest powodem śmierci Seldona — rzekł. — Oczywiście przyuczano psa poznawać sir Henryka po odzieży. Rozumiem teraz, dlaczego but zniknął z hotelu; pies zwęszył zapach ubrania na skazańcu i gonił go. Jedno tylko mnie zastanawia: jakim sposobem Seldon wśród ciemności mógł widzieć, że go pies ściga? …

— Słyszał warczenie, tak jak my.

— Samo warczenie psa nie wystraszyłoby go tak dalece, żeby wzywał pomocy, zdradzając swą obecność i narażając się, że go schwytają strażnicy. Z jego okrzyków miarkuję, że odbiegł spory kawał od miejsca, z którego pies go spłoszył.

— A ja nie rozumiem, dlaczego ten pies został spuszczony dziś właśnie. Sądzę, że nie zawsze jest na swobodzie. Jeżeli Stapleton spuścił go z łańcucha, to chyba spodziewał się, że sir Henryk będzie przechodził przez bagno.

— Cóż teraz zrobić z tym trupem? Niepodobna zostawić go tutaj na pastwę dzikiego ptactwa.

— Najlepiej złożyć go w jednej z jaskiń, dopóki nie uwiadomimy policyi.

— Masz słuszność — przyznał Holmes. — Udźwigniemy go chyba we dwu? Ale patrz … Watson … to *on*! … Co za zuchwalstwo! … Ani słowa przed nim o naszych podejrzeniach … ani słowa! bo inaczej, wszystkie moje plany pójdą w niwecz.

Ujrzałem światełko cygara. W blasku księżyca widziałem wyraźnie drobną postać naturalisty. Spostrzegłszy nas, zatrzymał się, ale po chwili szedł dalej.

— Kogo ja widzę! — rzekł. — Jeśli mnie oczy nie mylą, doktor Watson. Nie spodziewałem się spotkać pana tutaj … Co to takiego? … Ktoś został ranny … Nie, to niepodobna … Nasz przyjaciel, sir Henryk! …

Podbiegł i nachylił się nad zwłokami. Słyszałem jego oddech przyśpieszony, cygaro z rąk mu wypadło.

— Kto to? Kto to taki? — szeptał.

— To Seldon, więzień, który zbiegł z Princetown.

Stapleton zbladł okropnie, ale nadludzkim wysiłkiem zapanował nad uczuciem gorzkiego zawodu. Przenosił wzrok z Holmesa na mnie i ze mnie na Holmesa.

— Co za okropna sprawa! — mówił. — Jakże on umarł?

— Skręcił kark, spadając z tej skały. Spacerowałem właśnie z moim przyjacielem, gdy doleciał nas krzyk przeraźliwy.

— I ja ten krzyk słyszałem. To właśnie sprowadza mnie tutaj. Byłem niespokojny o sir Henryka …

— Dlaczego właśnie o sir Henryka? … — spytałem.

— Bo miał przyjść do mnie. Ponieważ się spóźniał, wyszedłem na jego spotkanie i wtedy usłyszałem okrzyk … Ale, prawda … — i znowu przeniósł wzrok a mojej twarzy na twarz Holmesa — czyście panowie nie słyszeli nic więcej, oprócz tego okrzyku?

— Nie, a pan? — spytał Holmes.

— I ja nie.

— Więc co znaczy to pytanie?

— Myślałem o legendach, krążących wśród wieśniaków … Podobno słychać szczekanie wśród nocy … Byłem ciekawy, czy i teraz rozlegały się podobne dźwięki …

— Niceśmy nie słyszeli — odparłem.

— A jak panowie tłómaczą sobie śmierć tego łotra?

— Przypuszczam — mówiłem — że coś go wystraszyło; uciekał, biegł na oślep, aż mu się noga powinęła i spadł z tej skały głową na dół.

Zabił się na miejscu, bo skała wysoka i z tej strony prostopadle spuszcza się w kotlinę; druga jej strona łączy się z płaskowzgórzem. Biegnąc, więzień w przerażeniu swem nie spostrzegł, że stoi nad przepaścią.

— To bardzo prawdopodobne — przyznał Stapleton i westchnął z widoczną ulgą, jak gdyby kamień spadł mu z serca. — A cóż pan o tem myśli, panie Holmes?

— Przypuszczam to samo, co mój przyjaciel.

— Spodziewaliśmy się pana od chwili, gdy zjechał tu doktor Watson. Zjawiasz się pan w chwili tragicznej …

— Mam nadzieję, że wyjaśnienie mojego przyjaciela zostanie uznane jako jedynie możliwe. Bądź co bądź, wracając jutro do Londynu, wywiozę stąd przykre wspomnienie …

— Więc pan wraca jutro?

— Taki mam zamiar.

— Spodziewam się, że pańskie badania rzucą światło na tajemniczą sprawę, która zajmuje nas od paru miesięcy.

— A ja wątpię — odrzekł Holmes z doskonale udaną szczerością. — Detektyw w swoich wywodach zwykł opierać się na faktach, nie zaś na legendach ludowych. To sprawa trudna i zawiła. Nie spodziewam się jej rozwikłać.

Stapleton spojrzał na niego bystro, potem zwrócił się do mnie:

— Chętniebym zaproponował przeniesienie tego biedaka do nas, ale boję się wystraszyć siostrę. Najlepiej Seldonowi twarz zakryć, a zwłoki będą bezpieczne do jutra rana.

Takeśmy też zrobili. Stapleton zapraszał nas do siebie, ale wymówiliśmy się i obaj podążyliśmy do Baskerville-Hall. Naturalista powrócił sam.

— Trzymamy go już prawie … — mówił Holmes. — A jaka przytomność umysłu! Co za zimna krew! … Jak śmiało patrzał na zwłoki tego, którego uważał za swoją ofiarę … Mówiłem ci już w Londynie, a teraz powtarzam, że nie miałem jeszcze tak groźnego przeciwnika.

— Żałuję, że nas widział.

— I ja żałowałem w pierwszej chwili; ale nie było innej rady.

— Jak sądzisz: czy świadomość, że jesteś tutaj, wpłynie na jego plany?

— Zmusi go do ostrożności, a może skłoni do ostatecznych czynów. Jak wielu mądrych zbrodniarzy, jest zapewne zbyt zaufany w swoim rozumie i wyobraża sobie, że nas w pole wywiedzie.

— I czemuż nie aresztujemy go zaraz?

— Drogi Watson, ty jesteś stworzony na człowieka czynu. Pierwszym twoim popędem jest — działać. Ale przypuściwszy, że go aresztujemy dziś wieczorem, cóż nam z tego przyjdzie? Nie zdołamy mu nic dowieść. Gdyby mu dopomagał człowiek, moglibyśmy znaleźć dowody; ale choćbyśmy odszukali psa, nie pomoże nam zaciągnąć pętlicy na szyi swego pana.

— Mamy przecież dowód.

— Ani jednego — same tylko przypuszczenia i wnioski. Sąd wyśmiałby nas, gdybyśmy stanęli wobec niego z takim materyałem dowodowym.

— Wszak możemy się powołać na śmierć sir Karola …

— Znaleziono go martwym bez żadnych śladów gwałtu, bez ran i skaleczeń. Obaj wiemy, że umarł z przestrachu, wiemy także, kto go wystraszył, ale w jaki sposób przelejemy tę wiarę w dwunastu sędziów przysięgłych? … Jakież ślady pies pozostawił na zwłokach? … Naturalnie, wiemy, że żaden pies nie ruszy martwego ciała; wiemy dalej, że sir Karol wyzionął ducha, zanim go dogoniło to dzikie zwierzę. Wiemy, ale powinniśmy tego *dowieść* — a nie potrafimy.

— Fakt, który się zdarzył dzisiaj, nie jest-że ważną poszlaką?

— Nie zdołamy wykazać związku pomiędzy psem a śmiercią tego człowieka. Zresztą, nie widzieliśmy psa; słyszeliśmy go tylko, a nie możemy dowieść, że gonił Seldona lub kogobądź. Nie, mój drogi, musimy pogodzić się z myślą, że trzeba czekać i działać z ukrycia.

— Jakie masz plany?

— Spodziewam się wiele po pani Lyons i mam nadzieję, ze jutro pozyskamy choć jeden dowód.

Nie mogłem go skłonić do wyrażenia jaśniej swych zamiarów. Szedł w milczeniu aż do samego pałacu.

— Czy wejdziesz? — spytałem.

— Ma się rozumieć; dalsze ukrywanie się jest zbyteczne. Słuchaj, Watson: nie wspominaj sir Henrykowi o psie. Wszak baronet został zaproszony jutro na obiad do Stapletonów?

— I mnie prosili.

— Musisz się wymówić. On pójdzie sam. To łatwo urządzić. A teraz chodźmy. Spóźniłeś się wprawdzie na obiad, ale przybywamy w samą porę na kolacyę.

❦

Rozdział XIII.
Zastawianie sieci

Sir Henryk był bardziej rad, niż zdziwiony widokiem Holmesa; spodziewał się bowiem, że ostatnie wypadki skłonią go do przybycia. Nie mógł jednak zrozumieć, dlaczego mój przyjaciel nie wziął z sobą żadnych bagażów. Zaopatrzyliśmy go we wszystko, czego potrzebował, a następnie, przy sutej wieczerzy, opowiedzieliśmy baronetowi naszą przygodę, z opuszczeniem pewnych szczegółów.

Ale wpierw czekał mnie przykry obowiązek uwiadomienia Barrymorów o śmierci Seldona. Dla męża było to poniekąd dobrą nowiną, ale żona na tę wieść rozpłakała się rzewnie. W oczach wszystkich ów zbrodniarz był potworem i wyrzutkiem społeczeństwa; ona widziała w nim zawsze chłopaka z jasnymi kędziorami, którego nosiła na ręku i kochała, jak własne dziecko.

Niema tak złego mężczyzny, po którymby nie płakała kobieta …

— Po wyjściu Watsona — mówił baronet — snułem się z kąta w kąt, wierny mojej obietnicy: nie zapuszczania się samemu na bagno po zachodzie słońca. Teraz jednak żałuję, że nie przyjąłem zaprosin Stapletona, który do mnie pisał nad wieczorem. Gdybym był poszedł, spędziłbym wieczór weselej.

— Nie wątpię o tem — rzekł Holmes. —Ale, prawda, zapomniałem panu powiedzieć, żeśmy go już opłakali. Byliśmy pewni, że to pan umarł.

Sir Henryk spojrzał na niego ze zdziwieniem.

— Ten biedak był ubrany od stóp do głowy w pańską odzież. Obawiam się, że Barrymore, który mu jej dostarczył, będzie miał zatarg z policyą …

— Wątpię. Nie było żadnych znaków.

— To szczęśliwie dla niego, a nawet i dla nas, gdyż i pan nie jest bez zarzutu w tej sprawie. Pociąganoby pana do odpowiedzialności za to, że, znając kryjówkę zbiegłego więźnia, nie uwiadomiłeś o niej policyi … Jako sumienny detektyw, powinienbym nawet aresztować pana i całą służbę pałacową …

— Zanim pan spełni ten obowiązek — mówił baronet żartobliwie — może się dowiem, jak stoi nasza sprawa? Czyś pan jej zawiłości rozplątał? My z Watsonem tyle wiemy dziś, co na początku.

— Mam nadzieję, że zdołam wyświetlić tajemnicę. Sprawa istotnie bardzo skomplikowana, dużo w niej punktów ciemnych, ale spodziewam się rzucić na nie światło,

— My tutaj z Watsonem stwierdziliśmy tylko jeden fakt: szczekanie psa na bagnie. Słyszeliśmy je wyraźnie, więc to nie legenda ani przesądy. Gdybyś pan zdołał schwytać tego psa, byłbyś najpierwszym detektywem na świecie.

— Mam nadzieję, że go schwytam i nałożę mu kaganiec, ale potrzebuję pańskiej pomocy.

— Rozporządzaj pan mną do woli. Zrobię, co pan zechcesz.

— A więc poproszę pana, abyś słuchał mnie ślepo.

— I owszem.

— Jeżeli pan zastosujesz się do moich wskazówek i poleceń, nie pytając o ich przyczynę, to uda mi się może rozwikłać tajemnicę. Nie wątpię …

Urwał nagle i zapatrzył się w jeden punkt nad moją głową. Światło padało na jego twarz nieruchomą, jakby wykutą z kamienia.

— Co pan tam widzisz? — zawołał sir Henryk.

Patrząc na Sherlocka, spostrzegłem, że tłumi wewnętrzne wzburzenie. Rysy jego były chłodne, jak zwykle, w oczach jednak płonął dziwny ogień.

— To był zachwyt znawcy … — rzekł po chwili, wskazując rząd portretów, wiszących na przeciwległej ścianie. — Watson nie wierzy mojemu znawstwu, ale to przez zazdrość, gdyż nasze poglądy na sztukę są niezgodne. Według mnie, ta galerya portretów jest wspaniała.

— Miło mi to słyszeć — odrzekł sir Henryk, patrząc na mego przyjaciela ze zdziwieniem. — Na malarstwie nie znam się: wolę ładnego konia, niż cenny obraz. Nie sądziłem, że pan masz czas oddawać się takim zamiłowaniom …

— Nie mogę być obojętny na arcydzieła, gdy je mam przed oczyma — odparł Holmes. — Mógłbym się założyć, że ta dama w niebieskiej atłasowej sukni i ten sędziwy mąż w peruce, wyszli z pod pędzla Reynoldsa. Wszak to wszystko portrety rodzinne?

— Tak, wszystkie.

— Czy pan zna imiona i daty?

— Barrymore próbował wtajemniczyć mnie w rodowody i zdaje mi się, żem zapamiętał jego wykład.

— Któż jest ów gentleman z teleskopom w ręku?

— To admirał Baskerville; służył w Indyach Zachodnich pod Rodneyem. A ten w niebieskim fraku, to sir William Baskerville, który był przewodniczącym w izbie gmin za czasów Pitta.

— A ów jeździec, naprzeciwko mnie, w aksamitnym spencerze?

— O! ten wart, aby o nim powiedzieć słów parę. On jest sprawcą nieszczęść naszej rodziny. To właśnie krwawy Hugon, który wypuścił sforę psów na tę nieszczęśliwą dziewczynę …

Spojrzałem na portret z wielkiem zaciekawieniem.

— Nigdybym się nie domyślił, że to on — rzekł Holmes. — Twarz łagodna, spokojna, tylko w oczach … płomienie. Wyobrażałem go sobie tęższym i groźniejszym.

— Niema wątpliwości, że to on. Na odwrotnej stronie płótna jest imię i data — rok 1647.

Mój przyjaciel umilkł, ale nie odrywał oczu od portretu. Dopiero po naszem rozejściu się na spoczynek dowiedziałem się, dlaczego to płótno budzi w nim tak żywo zaciekawienie.

Zaprowadził mnie znowu do jadalni ze świecą w ręku i przysunął ją do portretu.

— Co cię uderza? — zapytał.

Ogarnąłem wzrokiem duży kapelusz z piórami, złociste loki i koronkowy kołnierz; wpatrywałem się w rysy chłodne, surowe. Nie było w nich namiętności, lecz niezłomna, okrutna wola; tryskała ona z oczu stalowych, zdradzały ją usta wązkie, zaciśnięte.

— Czy ten portret przypomina ci kogo ze znajomych? — pytał Holmes.

— Z dolnej części twarzy trochę podobny do sir Henryka.

— Istotnie. Ale poczekaj.

Wskoczył na krzesło, i trzymając świecę w lewej ręce, prawą osłonił szeroki kapelusz i włosy.

— Chryste Panie! — zawołałem.

Z ram obrazu wyłoniła się twarz Stapletona …

— Ha! spostrzegłeś wreszcie! — rzekł Holmes. — Moje oczy są przyzwyczajone do badania samych twarzy, bez akcesoryj toaletowych. Pierwszą zaletą detektywa jest poznawać ludzi pod przebraniem.

— Ależ to nadzwyczajne! — mówiłem, nie mogąc ochłonąć z podziwu. — Ten obraz mógłby być jego portretem!

— Tak, to fizyczny dowód atawizmu i moralnego podobieństwa. Studya nad portretami rodzinnymi mogą nas przejąć wiarą w wędrówkę dusz. Ten człowiek jest z rodu Baskervillów, to nie ulega wątpliwości.

— I dlatego dybie na sukcesyę ...

— Naturalnie. Portret wypełnił lukę w moich poszukiwaniach. Trzymamy go. Watson! gotów jestem założyć się, że jutro wpadnie w moje sieci, tak, jak motyle, za którymi sam się ugania. Wezmę go na szpilkę i dołączę do mojej kolekcyi zbrodniarzy.

Wybuchnął śmiechem, co mu się rzadko zdarzało.

Nazajutrz wstałem bardzo wcześnie, ale Holmes już mnie wyprzedził. Był ubrany do wyjścia.

— Mamy cały dzień swobodny — mówił, zacierając ręce z radości. — Sieci już zastawione, brakuje tylko motyla.

— Czy już wychodziłeś?

— Wysłałem do Princetown wiadomość o śmierci Seldona. Mam nadzieję, że nikt z was nie będzie niepokojony w tej sprawie. Porozumiałem się już także z wiernym Cartwrightem; krążył około mojej nory, jak pies nad grobem swego pana. Musiałem go uspokoić że jestem zdrów i cały.

— Cóż dalej?

— Przywitamy sir Henryka. Ha! oto i on!

— Dzień dobry, Holmes — rzekł baronet, wchodząc do jadalni. — Wyglądasz na dowódcę, naradzającego się z szefem swego sztabu przed bitwą.

— Bo też tak jest. Watson otrzymuje rozkazy.

— I ja gotów jestem ich wysłuchać.

— Wszak Stapleton zaprosił pana dzisiaj na obiad?

— Spodziewam się, że i panowie pójdziecie ze mną. Oni są bardzo gościnni i ręczę, że przyjmą was z otwartemi rękoma.

— Obaj z Watsonem musimy jechać do Londynu.

— Do Londynu?

— Tak; nasza obecność jest potrzebniejsza tam, niż tutaj.

— Miałem nadzieję — oświadczył baronet — że nie opuścicie mnie, dopóki ta sprawa się nie wyświetli. Co ja tu będę robił sam na tem pustkowiu?

— Kochany panie, musisz zaufać mi ślepo i zrobić to, co powiem. Oświadczysz pan Stapletonom, że mieliśmy wielką ochotę panu towarzyszyć, lecz że ważne interesy powołały nas do Londynu. Spodziewamy się wrócić niebawem. Czy pan zechce powtórzyć im to dosłownie?

— Jeżeli panu na tem zależy.

Widziałem, że baronet jest niezadowolony z naszego wyjazdu i że ma do nas żal, iż go opuszczamy.

— Kiedy chcecie jechać? — spytał chłodno.

— Zaraz po pierwszem śniadaniu. Wstąpimy do Coombe-Tracey. Watson pozostawia tutaj kuferek, jako dowód, że wróci niebawem. Napisz kilka słów do Stapletona, przepraszając go, że nie możesz korzystać z jego zaprosin.

— Mam ochotę jechać z wami — rzekł baronet. — Co mnie tu wiąże?

— Dałeś mi pan słowo, że zastosujesz się do moich poleceń, a ja powiadam panu, abyś został.

— Ha! w takim razie zostanę.

— Jeszcze słówko. Do Merripit-House pojedziesz pan amerykanem. Odeślesz zaraz konie i oświadczysz, że zamierzasz powrócić pieszo.

— Mam iść przez bagno?

— Tak.

— Ależ to sprzeciwia się pańskim poprzednim zaleceniom! Ostrzegaliście mnie obaj, abym po zachodzie słońca nie wychodził na bagno, ani na łąkę.

— Tym razem możesz pan iść bezpiecznie. Gdybym nie ufał pańskiej odwadze i zimnej krwi, nie dawałbym panu takiej rady. Wierzaj mi pan, że to jest niezbędne.

— A więc dobrze.

— Ale jeśli panu życie miłe, nie zbaczaj z drogi; musisz iść prosto ścieżką, wiodącą z Merripit-House do Grimpen-Road.

— Dobrze, zapamiętam.

— Chciałbym wyruszyć stąd zaraz po śniadaniu aby stanąć w Londynie przed wieczorem.

Byłem zdziwiony takim programem; choć poprzedniego dnia Holmes wspominał Stapletonowi, że jedzie nazajutrz do miasta, nie sądziłem jednak, że mnie zabierze ze sobą i nie mogłem zrozumieć, dlaczego w najważniejszej chwili schodzi ze stanowiska. Milczałem wszelako, wiedząc, że trzeba go słuchać biernie.

Pożegnaliśmy naszego przyjaciela i w parę godzin potem byliśmy na dworcu w Coombe-Tracey. Konie zostały odesłane do domu. Na platformie stał niewielki chłopczyna.

— Co pan rozkaże? — zapytał Holmesa.

— Pojedziesz tym pociągiem do Londynu. Zaraz po przybyciu zatelegrafujesz do sir Henryka Baskerville w mojem imieniu, prosząc go, aby kazał poszukać papierośnicy, którą zostawiłem u niego i odesłał ją na Baker-Street.

— Słucham pana.

— Zapytaj na stacyi, czy niema listu do mnie.

Chłopak wrócił z telegramem, Holmes podał mi go. Przeczytałem, co następuje:

„Depesza otrzymana. Przybywam z niepodpisanym rozkazem. Będę o g. 5 m. 40. Lestrade."

— To odpowiedź na mój telegram, wyprawiony dziś rano. Będziemy potrzebowali jego pomocy. Człowiek sprytny i odważny. A teraz, Watson, sądzę, że nic nam nie pozostaje, jak odwiedzić twoją znajomą, panią Laurę Lyons.

Zaczynałem pojmować plan kampanii. Holmes za pośrednictwem baroneta chciał przekonać Stapletonów, żeśmy wyjechali istotnie, a my tymczasem zjawimy się w chwili grożącego niebezpieczeństwa.

Ów telegram z Londynu, o którym sir Henryk wspomni zapewne, rozwieje podejrzenia naturalisty.

Sieci były już zastawione.

Pani Laura Lyons znajdowała się w swojem biurze. Sherlock Holmes przystąpił do rzeczy wprost ze szczerością, która ją wprowadziła w kłopot.

— Badam okoliczności, towarzyszące śmierci sir Karola Baskerville — oświadczył. — Mój przyjaciel, doktor Watson, uwiadomił mnie o treści swojej rozmowy z panią, wiem także to, coś pani zamilczała …

— Cóżem zamilczała?

— Wyznałaś pani, że sir Karol na jej prośbę miał znajdować się o dziesiątej przy furtce — wiemy, że o tej godzinie śmierć go spotkała. Nie wyjaśniłaś pani: jaki stosunek zachodzi pomiędzy tymi dwoma faktami.

— Nie są w żadnym stosunku do siebie.

— Byłby to dziwny zbieg okoliczności. Sądzę jednak, że zdołamy wykazać związek pomiędzy jednym faktem a drugim. Chcę być z panią zupełnie szczerym. Poczytujemy ten „wypadek" za morderstwo; podejrzanym jest nietylko przyjaciel pani, mr. Stapleton, lecz i jego żona …

Mrs. Lyons zerwała się na równe nogi.

— Jego żona? … — krzyknęła.

— Tak. Rzecz wyszła na jaw. Osoba, która dotychczas uchodziła za jego siostrę, jest właściwie jego żoną …

Pani Lyons usiadła znowu, jej palce ściskały poręcz fotela z taką siłą, że aż paznogcie zbielały.

— Jego żona! — szeptała. — Jego żona! Więc on jest żonaty! …

Sherlock Holmes rozłożył ręce, jak gdyby chciał powiedzieć, że niema na to rady.

— Chcę mieć dowód. Jeśli pan potrafisz stwierdzić te słowa faktami … — Nie dokończyła, głos zamarł w jej piersi.

— Przybyłem, uzbrojony w dowody, wiedząc, że ich pani zażąda — oświadczył Holmes, wyjmując paczkę papierów z kieszeni. — Oto fotografia małżonków, zdjęta przed kilku laty w York. Zapisani są w księgach zakładu fotograficznego jako „państwo Vandelour", ale łatwo poznać i ją, i jego. Dalej — trzy rysopisy małżonków Vandeleur; mąż w owym czasie był kierownikiem szkoły prywatnej w St-Oliver. Rysopisy zostały nadesłane przez osoby wiarogodne. Odczytaj je pani, a przekonasz się, czy odpowiadają wyglądowi pana Stapleton i jego domniemanej siostry.

Przebiegła okiem listy i pogrążyła się w milczeniu. Skostniała jakby z bólu.

— Panie Holmes — rzekła wreszcie — ten człowiek obiecywał, że mnie poślubi, jeśli uzyskam rozwód. Okłamał mnie, zdradził. Wyobrażałam sobie, że on działa dla mnie — teraz widzę, że byłam tylko narzędziem w jego ręku. Nie potrzebuję dochowywać mu tajemnicy, skoro on nie dochował mi wiary! … Nie myślę go osłaniać przed skutkami jego niecnych czynów. Pytaj mnie pan, o co tylko chcesz — nic nie zataję. Przysięgam panu, iż pisząc ten list, nie wiedziałam, że narażam na niebezpieczeństwo sir Karola, który był dla mnie lepszym od rodzonego ojca.

— Wierzę pani święcie — odparł Sherlock Holmes. — Opowiadanie byłoby dla pani bardzo przykrem, więc może lepiej ja powiem, jak się rzeczy miały, a pani będzie prostowała niedokładności lub omyłki. Wszak Stapleton radził pani napisać ten list?

— Podyktował mi go.

— Przypuszczam, że skłonił panią, dowodząc, że sir Karol chętnie poniesie wydatki na rozwód.

— Nieinaczej.

— A gdy pani list posłałaś, odradził jej przybyć na miejsce umówione.

— Mówił, że mu ambicya nie pozwala, aby człowiek obcy łożył na taki cel, i że choć sam jest niezamożny, poświęci ostatni grosz na usunięcie przeszkód, zagradzających nam drogę do szczęścia.

— A potem wyczytałaś pani wiadomość o śmierci w gazecie miejscowej?

— Tak.

— Następnie kazał pani przysiądz, że nie wspomnisz nikomu o swym liście do sir Karola?

— Mówił, że śmierć jest tajemniczą i że mogliby mnie podejrzewać o zabójstwo. Wystraszył mnie takim argumentem i zmusił do milczenia.

— A czy pani miałaś jakie wątpliwości?

Milczała długo, wreszcie rzekła:

— Być może, bo go znam. Ale gdyby dochował mi wiary, nie zdradziłabym go nigdy.

— Bądź co bądź, wyszłaś pani z tej sprawy obronną ręką — przekładał jej Holmes. — Miałaś go pani w swej mocy, a jednak żyjesz. A teraz pożegnamy panią. Dowidzenia niebawem!

〜

— Nasza sprawa zaczyna się zaokrąglać — mówił Holmes, gdy w parę minut potem staliśmy na dworcu, oczekując londyńskiego pociągu. — Jest to najdziwniejsza zbrodnia, jaka się zdarzyła w naszem stuleciu. Badacze kryminologii pamiętają podobny wypadek w roku 1866 w Grodnie, a drugi w północnej Karolinie w roku 1878, ale obecny fakt ma swoje odrębności. I teraz nawet, po wykryciu szczegółów, nie wiem jeszcze, w jaki sposób Stapleton przyczynił się do śmierci sir Karola. Mam jednak nadzieję, że to się wyświetli przed północą.

Kuryer londyński wbiegł na peron z sykiem i gwizdem. Z wagonu pierwszej klasy wyskoczył mężczyzna krępy, o twarzy wesołej. Powitał Holmesa z takiem uszanowaniem, jak oficer głównodowodzącego armią.

— Czy jest co nowego? — spytał.

— Zdaje się, że obecna sprawa narobi hałasu — odparł mój przyjaciel, zacierając ręce. — Mamy dwie godziny wolne. Trzeba zjeść obiad i nabrać sił do działania. Po obiedzie przejdziemy się po łące; świeże powietrze wyruguje z twoich płuc nagromadzoną w nich mgłę londyńską. Wszak jesteś tu po raz pierwszy? Mam nadzieję, że nie zapomnisz tych odwiedzin …

Rozdział XIV.
Pies Baskervillów

Jedną z wad Sherlocka Holmes — jeśli można to nazwać wadą — jest skrytość. Nie zwykł wyjawiać swoich planów nikomu, aż do ostatniej chwili. Jest to wynikiem jego natury despotycznej i samodzielnej, ale i próżności potrosze. Lubi wprowadzać w zdumienie i zachwyt nad swym geniuszem wywiadowczym. Zresztą ta skrytość płynie może i z ostrożności, która nie pozwala mu wypowiadać się przed nikim. Bądź co bądź, jest to przykrem dla otoczenia.

Niecierpliwiło mnie to często, ale nigdy do tego stopnia, jak owego wieczora. Czekało nas zadanie trudne i niebezpieczne, mieliśmy działać wspólnie, a jednak Holmes nie wyznaczał nam roli. Mówiliśmy o przedmiotach pobocznych, nie mających nic wspólnego ze sprawą.

Mój przyjaciel wynajął na dworcu dorożkę i kazał się wieźć do Baskerville-Hall. Wysiedliśmy przy bramie. Zapłacił dorożkarza i odprawił go do Coombe-Tracey, poczem kazał nam iść ze sobą w stronę Merripit-House.

— Czy masz broń? — zapytał Lestrada.

— Nie rozstaję się z rewolwerem — odparł detektyw. — We dnie jest jak przylepiony do kieszeni moich spodni, a w nocy — do mojej poduszki.

— To dobrze. Mój przyjaciel i ja jesteśmy w zbrojnem pogotowiu.

— Cóż pan rozkażesz?

— Czekać.

— Ha! nie jest to miła robota, zwłaszcza wśród takiego otoczenia. Cóż za pustkowie! … — mówił Lestrade, oglądając się dokoła.

— Widzisz te światełka w oddali? To Merripit-House, cel naszej wycieczki. Teraz musimy iść na palcach i mówić szeptem.

O dwieście yardów przed domem, Sherlock kazał nam stanąć.

— Poczekamy tutaj — szepnął. — Te kamienie na prawo stanowią wyborną osłonę. Zaczaisz się za nimi, Lestrade. Wszak byłeś w tym domu, Watson? Rozkład mieszkania jest ci znany. Widzisz okno oświetlone?

— To od kuchni.

— A tamto, po drugiej stronie?

— To od jadalnego pokoju.

— Proszę cię, zakradnij się pod te okna i zobacz, co oni tam robią, ale na miłość Boską, ostrożnie, żeby nie zmiarkowali, że są śledzeni.

Stąpałem powoli, im palcach; zgięty wpół, doszedłem do miejsca, skąd było widać okno jadalni.

Przy okrągłym stole siedziało dwóch mężczyzn: sir Henryk i Stapleton.

Byli zwróceni do mnie profilem. Obaj palili cygara i popijali kawę. Przed nimi stała butelka z winem. Stapleton rozprawiał żywo, baronet był blady i roztargniony. Może trapiła go myśl o samotnym powrocie przez to fatalne trzęsawisko.

Po chwili Stapleton wstał i wyszedł z pokoju. Sir Henryk wypił haust kawy i zaciągnął się dymem cygara. Usłyszałem skrzypniecie drzwi i chrzęst żwiru: ktoś szedł po drugiej stronie muru. Wyjrzałem ostrożnie i zobaczyłem naturalistę. Stąpał powoli, zakradał się jakby, wreszcie stanął u drzwi bocznej oficyny. Klucz zazgrzytał w zamku, po chwili doszedł mnie dziwny odgłos, jakby warczenia. Stapleton zabawił parę minut i wrócił do domu. Widziałem, jak wszedł do pokoju, w którym pozostawił był sir Henryka.

Wróciłem do moich towarzyszów, aby zdać raport Holmesowi.

— A więc powiadasz, że dama jest nieobecna? — pytał, wysłuchawszy mnie do końca.

— Niema jej w jadalnym pokoju.

— We wszystkich innych pokojach ciemno? Gdzie też się ukrywa?

…

Nad trzęsawiskiem unosiły się białe opary; księżyc, świecący jasno na niebie, nie zdołał ich rozproszyć. Cała okolica wydawała się posypana śniegiem.

— Przeklęta mgła! — mruczał Holmes. — Ogarnie nas niebawem, a wtedy wszystko stracone. To jedno może mi szyki pomieszać. Ale mam nadzieję, że nie będziemy już długo czekali. Dziesiąta. Sir Henryk wyjdzie lada chwila. Ta mgła stanowi o jego życiu …

Noc była jasna; po za obrębem oparów widać było Merripit-House. Tylko dwa okna były oświecone. Wtem światło zgasło w kuchni; pozostało tylko w pokoju jadalnym, w którym morderca i jego ofiara siedzieli przy kieliszkach i cygarach. A tymczasem mgła spowijała coraz szerszą przestrzeń, muskała już dom Stapletona. Zniknął w niej mur na drugim końcu ogrodu, czubki drzew wynurzały się jeszcze z po za oparów. Holmes przestępował z nogi na nogę. Był zaniepokojony.

— Jeżeli nie wyjdzie za kwadrans, cała robota na nic. Za pół godziny nie będziemy mogli dojrzeć rąk własnych …

Uklęknął i przyłożył ucho do ziemi.

— Dzięki Bogu! słyszę jego kroki … — szepnął.

Rozległo się miarowe stąpanie. Kroki stawały się coraz głośniejsze i wyraźniejsze, dochodziły do nas przez mgłę, jak przez zasłonę, i oto nagle pojawił się ten, na którego czekaliśmy.

Przeszedł ścieżką obok nas i podążył dalej, a idąc, oglądał się na prawo i lewo, z widocznym niepokojem.

— Pst! — szepnął Holmes. — Baczność!

Mgła była już o pięćdziesiąt yardów przed nami. Wytężaliśmy wzrok, czując, że wyłoni się z niej coś strasznego. Spojrzałem na Holmesa. Był blady, wpatrywał się w jeden punkt, usta mu drgały. W chwili tej Lestrade krzyknął i padł twarzą do ziemi. Zerwałem się, nie wypuszczając pistoletu z garści, choć krew zamarła mi w żyłach na widok strasznego zjawiska, które wyskoczyło z za mgły …

Był to pies olbrzymi, czarny, jak węgiel, ale nie pies zwyczajny. Jego rozwarta paszcza ziała ogniem, z oczu sypały się iskry, cały pysk był jakby w płomieniach. Najstraszniejsza zmora nie mogła być straszniejszą od tego piekielnego zwierza, wyłaniającego się ku nam z ciemności.

Dziki zwierz biegł śladami naszego przyjaciela w podskokach …

Byliśmy tak przerażeni tem zjawiskiem, że nie wystrzeliliśmy w porę. Pies przebiegł mimo nas. Holmes i ja daliśmy ognia równocześnie; zwierzę, ugodzone widocznie, jęknęło przeraźliwie, lecz nie zatrzymało się w swym szalonym pościgu.

Sir Henryk, który już był daleko, obejrzał się; widziałem w blasku księżycu, że stanął przerażony i podniósł ręce do góry.

Jęk psa rozproszył nasze przesądne obawy. Jeśli kula raniła zwierzę, a więc było nie widmem, lecz rzeczywistością, — mogliśmy je zabić.

W życiu mojem nie widziałem nikogo, pędzącego tak szybko, jak Holmes owej nocy. Biegłem za nim, ale mnie wyprzedził. Słyszeliśmy przed sobą warczenie psa i wołanie o pomoc sir Henryka. Nadbiegłem w chwili, gdy rozjuszone zwierzę rzuciło się na swą ofiarę, powaliło ją na ziemię i wyszczerzało zęby. Z dzikiem wyciem i jękiem bólu dogorywający pies zwalił się na baroneta.

Skoczyłem naprzód i przyłożyłem psu pistolet do łba, ale wystrzał był zbyteczny. Czworonożny prześladowca rodu Baskervillów już nie żył …

Nachyliliśmy się nad sir Henrykiem. Mój przyjaciel odetchnął swobodniej, widząc, że nasza pomoc przyszła w porę. Lestrade wlał baronetowi do ust parę kropel wódki. Sir Henryk spojrzał na nas przerażonemi oczyma.

— Co to? — szepnął. — Co to takiego? …

— Zabiliśmy złego ducha rodu Baskervillów. Już nie ożyje! … — zawołał Holmes.

U stóp naszych leżało olbrzymia psisko, wielkości młodej lwicy; był to mieszaniec wyżła i brytana. Zagasłe oczy świeciły jeszcze, zakrwawiony pysk ział ogniem.

Powiodłem ręką po łbie kudłatym — moje palce zabłysły w ciemności …

— Fosfor! — rzekłem.

— Szatański pomysł! — mówił Holmes, nachylając się nad martwem zwierzem. — Przepraszam cię najmocniej, sir Henryku, że musiałem cię narazić na taki przestrach. Domyślałem się, że wypuszczą psa, ale nie sądziłem, że go wpierw posmarują siarką, aby wydawał się piekielnym potworem …

— Ocaliłeś mi pan życie!

— Wystawiając je na niebezpieczeństwo. Czy możesz pan wstać o własnej sile?

— Dajcie mi jeszcze wódki. Tak! A teraz podtrzymajcie mnie chwilkę, bo jeszcze drżą mi nogi. Co pan teraz rozkaże?

— Przedewszystkiem musisz pan odpocząć. Jeżeli poczekasz tu na nas, odprowadzimy pana do domu.

Sir Henryk był jeszcze blady i nie mógł utrzymać się na nogach. Posadziliśmy go na kamieniu.

— A teraz do dzieła — mówił Holmes. — Każda chwila jest droga. Mamy już dowód zbrodni, chodzi jeszcze o schwytanie zbrodniarza.

Zostawiliśmy sir Henryka i podążyliśmy ku domowi Stapletona.

— Słyszał wystrzały i domyślił się, że jego „sztuka" wyszła na jaw. Nie zastaniemy go już — mówił Holmes.

— Kto wie: gęsta mgła stłumiła zapewne huk rewolweru, a zresztą przestrzeń dość znaczna; mógł nie słyszeć.

— Sądzisz, że czekał na rezultat w domu? To go me znasz. Ręczę, że wyszedł za psem, aby go przywołać po skończonej „robocie". Gotówbym się założyć, że go niema w Merripit-House. Swoją drogą, przetrząśniemy dom od strychu do piwnic.

Frontowe drzwi były otwarte; weszliśmy, ku zdziwieniu starego sługi, który stał w sieni. Z wyjątkiem jadalni, wszędzie panowały ciemności, ale Holmes wziął ze stołu lampę i chodził z nią od pokoju do pokoju. Nie było nigdzie Stapletona.

Jeden z pokojów na górze był zamknięty na klucz.

— Ktoś tam jest! — zawołał Lestrade. — Słychać oddech. Proszę drzwi otworzyć!

Odpowiedział nam jęk. Holmes uderzył pięścią w klamkę; wyskoczyła, drzwi stanęły otworem. Wbiegliśmy do pokoju z pistoletami w garści.

Nie było w nim Stapletona. Oczom naszym przedstawił się dziwny i niespodziany widok.

Pokój był rodzajem muzeum; w gablotach i na ścianach były rozpięte rzadkie okazy motylów. Pośrodku pokoju był słup, postawiony tu zapewne dla podtrzymania starej belki, grożącej zawaleniem. Do tego słupa uwiązana była postać ludzka; w pierwszej chwili nie mogliśmy poznać: czy to mężczyzna, czy kobieta. Jeden ręcznik ściskał jej gardło i okręcony był naokoło słupa, drugi zakrywał dolną część twarzy. Cała postać była spowita w prześcieradło.

W mgnieniu oka rozerwaliśmy pęta; na ziemi u stóp naszych leżała pani Stapleton. Gardło miała sine i ślady paznogci na twarzy i ciele.

— Nędznik! … — zawołał Holmes z oburzeniem. — Dawaj no tu flaszkę z wódką — rzekł do Lestrada. — Trzeba ją posadzić na krześle i rozcierać.

Otworzyła oczy.

— Co się z nim stało? — szepnęła. — Czy uciekł?

— Nie umknie tak łatwo.

— Ja mówię nie o *nim*, ale o sir Henryku. Czy ocalony?

— Tak.

— A pies?

— Nie żyje.

Odetchnęła swobodniej.

— Dzięki Bogu! Widzicie, panowie, jak ten łotr obszedł się ze mną! …

Wysunęła ręce z rękawów — były okryte sińcami.

— Ale to najmniejsza — ciągnęła dalej. — On zdeptał moją duszę, poniżył ją … Wszystko znosiłam: osamotnienie, poniewierkę, dopóki mogłam wierzyć w jego miłość; ale i tu spotkał mnie zawód …

Wybuchła płaczem.

— Nie masz pani powodu go oszczędzać — rzekł Holmes. — Powiedz nam, gdzie się ukrywa? Jeśli mu pomagałaś w złem, dopomóż nam złe powetować.

— Jedno jest tylko miejsce, w którem mógł się schronić: dawna kopalnia ołowiu, w samym środku moczarów. Tam trzymał psa na uwięzi; wiem, że robił przygotowania, aby tam się ukryć.

Holmes przysunął lampę do okna.

— Patrzcie — mówił — co za mgła! Nikt dzisiaj nie zdoła dotrzeć do Grimpen-Mire.

Klasnęła w ręce. Oczy jej zabłysły.

— On dojdzie, ale wyjść nie zdoła, bo wśród mgły nie zobaczy gałęzi, któreśmy powtykali razem, aby mu wskazywały drogę do Grimpen-Mire. Szkoda, że nie mogłam ich dzisiaj wyrwać, bo byłby na waszej łasce …

Pogoń stawała się niemożliwą, dopóki mgła nie opadnie. Tymczasem pozostawiliśmy Lestrada na stanowisku w Merripit-House, a sami wraz z sir Henrykiem wróciliśmy do Baskerville-Hall.

Niepodobna już było ukrywać przed nim historyi Stapletonów. Ze spokojem przyjął wiadomość, że ta, którą pokochał, była żoną, nie siostrą owego łotra. Lecz wzruszenie tej nocy wstrząsnęły mu nerwy. Dostał gorączki. Posłaliśmy po doktora Mortimer.

Gdy baronet podźwignął się z łóżka, dla odzyskania równowagi duchowej, pod opieką tego zacnego lekarza wyruszył w podróż naokoło świata. Wrócił zdrów moralnie i fizycznie.

~

Zbliżam się do końca tej dziwnej opowieści; starałem się przelać w czytelników obawy, które trapiły nas tak długo i skończyły się tak tragicznie.

Nazajutrz po opisanych wypadkach, mgła ustąpiła i pod przewodnictwem pani Stapleton zdołaliśmy dotrzeć do punktu, skąd ścieżka prowadziła na moczary.

Nieszczęśliwa kobieta ze skwapliwością, świadczącą o głębokiej urazie do tego człowieka, który jej życie zmarnował i podeptał jej godność niewieścią, starała się nas wprowadzić na trop jego.

Od owego punktu, rząd wetkniętych w błoto gałęzi wskazywał kępki ziemi, po których można było przejść suchą nogą. Jeden krok fałszywy mógł nas o śmierć przyprawić. Raz tylko jeden ujrzeliśmy ślad, że ktoś przechodził tą niebezpieczną drogą. Wśród zielska i trawy wyzierał jakiś czarny przedmiot.

Holmes schylił się, aby go podnieść, przyczem pośliznęła mu się noga; gdybyśmy go nie podtrzymali, byłby wpadł w to błoto bezdenne. Podniósł się trzymając w ręku stary but. Wewnątrz, na podeszwie, była wypisana firma: „*Meyers, Toronto*".

— Warto było wziąć błotną kąpiel! — wołał. — Jest to zaginiony but sir Henryka.

— Stapleton rzucił go tu zapewne wśród ucieczki.

— Niewątpliwie. Trzymając ten but, wprowadzał psa na trop sir Henryka … Odgłos wystrzału zwiastował Stapletonowi, że zasadzka chybiona. Łotr uciekał z tym butem w ręku. Tu właśnie go rzucił. A zatem do tego miejsca doszedł bezpiecznie.

Mieliśmy się dowiedzieć jeszcze innych szczegółów, choć wiele rzeczy pozostało niewyjaśnionych. Niepodobna było znaleźć śladów na bagnie, albowiem błoto zalewało je odrazu. Minąwszy najgłębsze moczary, szukaliśmy odbicia stóp na twardym już gruncie. Nadaremnie. Jeśli świadectwo ziemi było wiarogodne, Stapleton nie doszedł do wyspy, ku której dążył wśród mgły.

Grimpen-Mire pochłonęło nędznika. Jego kości spoczywają zapewne wśród nieprzebytych trzęsawisk …

Natomiast znaleźliśmy dużo śladów po nim na wyspie, gdzie psa ukrywał. W jednym z opuszczonych domków był przykuty do ściany łańcuch; pogryzione kości świadczyły, że pies był tutaj więziony. Opodal leżał szkielet małego pinczerka.

— Patrzcie! toż to faworyt Mortimera! — zawołał Holmes. — Stapleton potrafił ukryć psa, ale nie zdołał stłumić jego wycia. Mógł był wprawdzie trzymać go w oficynie Merripit-House, ale byłoby to ryzykownem. Zdecydował się na taki krok ostatniego dnia, gdy wszystko postawił na jedną kartę. Maść w tej oto blaszance jest zapewne mieszaninę siarki i fosforu, którą pies był wysmarowany. Tym sposobem, korzystając z legendy, ów łotr wystraszył na śmierć sir Karola. Nic dziwnego, że Seldon uciekał z wrzaskiem. Wszak nasz przyjaciel, sir Henryk, a i my także, nie mogliśmy się wstrzymać od okrzyku wobec takiego zjawiska. Był to pomysł piekielny! — chodziło nietylko o wystraszenie ofiary, lecz i o utrudnienie śledztwa, albowiem pies, ziejący ogniem, przejmował włościan okolicznych strachem przesądnym i odejmował im ochotę ścigania tego potwora. Mówiłem ci to już raz w Londynie, Watson, a teraz powtarzam, że Stapleton był najniebezpieczniejszym łotrem, z jakim zdarzyło mi się spotkać w życiu.

Rozdział XV.
Rzut oka wstecz

W końcu listopada Holmes i ja w wieczór ciemny i dżdżysty siedzieliśmy przy kominku w naszej bawialni na Baker-Street. Mój przyjaciel był w wybornym humorze i skorzystałem z tego, aby go wybadać o nieznane mi dotychczas szczegóły sprawy Baskerville.

Sir Henryk i doktor Mortimer bawili w Londynie, gotując się do dalekiej podróży, która miała wzmocnić nerwy baroneta.

— Cała ta sprawa była jasną i prostą z punktu widzenia rzekomego Stapletona — mówił Holmes, w odpowiedzi na moje pytanie. — Dla nas zaś, którzyśmy nie znali jego pobudek i celów, wydawała się tajemniczą i zawiłą. Znajdziesz moje poglądy pod literą *B* w moich aktach kryminalnych.

— Wolałbym, żebyś mi to opowiedział żywem słowem.

— Dobrze, ale nie ręczę za dokładność. Pamięć może mnie mylić. Otóż moje badania wykryły, że portret rodzinny nas nie zawiódł. Ten łotr był synem Rogera Baskerville, młodszego brata sir Karola; wywędrował do Ameryki z bardzo złą reputacyą. Ożenił się tam z Beryl Garcia, najpiękniejszą kobietą w Costa-Rica, a sprzeniewierzywszy znaczną sumę z publicznych funduszów, zmienił nazwisko na Vandeleur, uciekł do Anglii i założył szkołę dla chłopców w Yorkshire. Do obrania tego zawodu skłoniła go znajomość, zawarta w drodze powrotnej z nauczycielem suchotnikiem, niejakim Fraser. Weszli w spółkę. Dopóki Fraser żył, szkoła szła dobrze i prowadzona była z poczuciem obywatelskich obowiązków, ale po jego śmierci zyskała jaknajgorszą opinię, as wreszcie okryła się hańbą. Vandeleur uznał za stosowne zmienić nazwisko. Jako Stapleton, z resztkami ukradzionych pieniędzy, z pięknymi zbiorami entomologicznymi przesiedlił się do Anglii południowej.

Muzeum Brytańskie objaśniło mnie, że był powagą na polu owadoznawstwa; odkrył dużo gatunków, które noszą nazwisko Vandeleur.

Ten nikczemnik zbadał zapewne swoje stosunki rodzinne i dowiedział się, że jedno tylko życie ludzkie stoi pomiędzy nim a olbrzymią fortuną. Przypuszczam, że w chwili osiedlania się w Devonshire nie miał jeszcze wytkniętego jasno planu; lecz że od początku żywił złe zamiary, świadczy o tem fakt, iż żonę swą podawał jako siostrę. Widocznie miał już wtedy projekt użycia jej za narzędzie, choć nie wiedział jeszcze, jakiemi drogami dojdzie do celu.

Przedewszystkiem postarał się osiąść jaknajbliżej siedziby swych przodków, powtóre — nawiązać przyjazny stosunek z sir Karolem Baskerville, oraz z jego sąsiadami.

Baronet opowiedział mu sam o psie, prześladującym ich ród, i zgotował tem sobie śmierć okropną. Stapleton — gdyż tak go będę nazywał w dalszym ciągu — wiedział, że sir Karol ma wadę serca i że gwałtowne wstrząśnienie może go zabić; wiedział też, że jest przesądnym i że wierzy w tę legendę.

Nikczemnik poznał odrazu, jaką może stąd korzyść osiągnąć; obmyślił dla baroneta śmierć niezawodną, za którą nikt nie mógł być pociągnięty do odpowiedzialności.

Przeprowadził swój plan bardzo zręcznie. Zwyczajny łotr byłby użył psa rozjuszonego — on nadał mu jeszcze pozory piekielnej bestyi. Kupił najdziksze i największe psisko, jakie mógł dostać u handlarzy Ross and Mangles w Londynie. Przywiódł go do stacyi North Devon, odległej od Baskerville-Hall i nadłożył ogromny kawał drogi, idąc łąką i moczarami, aby go nikt nie spostrzegł. Wpierw wynalazł dla niego schronienie w Grimpen-Mire i tam go odrazu wprowadził. Trzymał go na łańcuchu i czekał sposobności. Ale niełatwo było ją znaleźć.

Stary baronet nie wychodził nigdy za obręb pałacu po zachodzie słońca. Kilkakrotnie Stapleton czyhał na niego z psem, lecz bezskutecznie. Wtedy-to okoliczni włościanie widzieli ogromne psisko, co spowodowało wskrzeszenie legendy.

Stapleton miał nadzieję, że jego żona zdoła doprowadzić sir Karola do zguby, lecz natrafił na niespodziewany opór. Nie chciała rozkochywać starego gentlemana; oni groźby, ani nawet kije nie zdołały ją skłonić do tak niecnego wspólnictwa. Stapleton musiał działać sam.

Pomogła mu dobroczynność sir Karola. Zacny starzec, zwiedziony pozorami, polubił Stapletona i za jego pośrednictwem świadczył dużo dobrego, między innymi pani Laurze Lyons. Stapleton poznał ją przypadkowo, zainteresował się niby jej losem i wzbudził dla niej współczucie w litościwem sercu baroneta; że zaś potrafił zyskiwać względy kobiet i przedstawił się jako kawaler, wkrótce zdobył nietylko zaufanie, lecz i serce pięknej Laury; dawał jej też do zrozumienia, że się z nią ożeni, jeśli ona rozwiedzie się z mężem.

Usłyszawszy, że sir Karol, z porady doktora Mortimer, zamierza opuścić Baskerville-Hall, postanowił działać bezwłocznie, w obawie, aby ofiara nie wysunęła się z jego szponów. Skłonił zatem panią Lyons do napisania listu, w którym błagała baroneta o przybycie do furtki ogrodowej w przeddzień jego wyjazdu do Londynu. Następnie odradził jej stawić się na miejscu umówionem.

Wracając wieczorem z Coombe-Tracey, spuścił psa z łańcucha, posmarował go fosforem i przyprowadził do furtki, wiedząc, że stary gentleman zjawi się przy niej od strony pałacu.

Pies, poszczuły przez swego pana, przeskoczył przez furtkę i ścigał biednego baroneta; ten uciekał aleja, widzów, wołając o pomoc. Pies biegł trawnikiem, baronet aleją żwirową; dlatego pozostały tylko ślady jego kroków.

Widząc, że leży bez ruchu, pies zbliżył się zapewne, obwąchał go, a gdy poczuł, że już nie żyje, zawrócił się. Stapleton przywołał go, odprowadził do improwizowanej budy w Grimpen-Mire i uwiązał znowu na łańcuchu.

Śmierć sir Karola pozostała niewyjaśniona; władze policyjne łamały sobie głowę nad jej przyczyną, okolica była w strachu, wreszcie oddano sprawę w nasze ręce.

Rozumiesz piekielny podstęp tego łotra; tak się urządził, że nie można było znaleźć śladów zbrodni, ani wytoczyć procesu mordercy. Jedyny jego wspólnik zdradzić go nic mógł. Obie kobiety, wplątane w tę sprawę: pani Stapleton i pani Laura Lyons, miały pewne podejrzenia; mrs. Stapleton wiedziała nawet o złych zamiarach męża względem sir Karola, a także o istnieniu psa. Mrs. Lyons nie miała wprawdzie pojęcia ani o jednem, ani o drugiem, lecz zastanowiło ją, że śmierć starego gentlemana wynikła o godzinie, wyznaczonej na spotkanie z nią. Obie kobiety znajdowały się jednak pod wpływem tego łotra — nie miał powodu obawiać się zdrady z ich strony.

Pierwsza część szatańskiego zadania była spełniona, pozostawała druga, trudniejsza.

Stapleton mógł na razie nie wiedzieć o istnieniu spadkobiercy w Kanadzie. Bądź co bądź, dowiedział się o tem wkrótce po śmierci sir

Karola od swego przyjaciela, doktora Mortimer, który go też uwiadomił o przybyciu sir Henryka.

Pierwszą myślą Stapletona było zapewne zgładzić go ze świata w Londynie. Stracił zaufanie do żony od chwili, gdy nie chciała mu pomagać w nastawianiu sideł na sir Karola. Bał się jednak zostawić ją samą na dłuższy czas, dlatego wziął ją ze sobą do Londynu.

Doszedłem, że zamieszkali w hotelu Mexborough, przy Craven Street. Stapleton zamykał żonę na klucz a sam, przyprawiwszy brodę, dla niepoznaki, śledził każdy krok doktora Mortimer, jeździł za nim na Baker-Street, a następnie na dworzec i do hotelu Northumberland.

Żona domyślała się jego planów, lecz obawiała się ostrzedz upatrzoną ofiarę. Gdyby list wpadł w ręce Stapletona, jej własne życie byłoby w niebezpieczeństwie.

Jak wiemy, wpadła na myśl wycięcia z gazety słów, któremi ostrzegała baroneta. List doszedł rąk baroneta i był pierwsza zapowiedzią niebezpieczeństwa.

Stapleton postarał się o but sir Henryka, aby w razie danym wyzyskać węch psa i wprowadzić go na trop ofiary.

Posługacz hotelowy dostarczył mu obuwia, za hojną pewnie opłatą; lecz pierwszy but wykradziony, był nowy; Stapleton kazał go podrzucić i dostał drugi, noszony. Ten drobny fakt wprowadził mnie odrazu na domysł, że prześladowca sir Henryka chce użyć psa do swych celów.

Nazajutrz baronet przybył tutaj; Stapleton śledził go w dorożce. Sądząc z tego, że mnie znał i wiedział, gdzie mieszkam, gotów jestem przypuścić, że już poprzednio miał powody obawiać się mojej działalności wywiadowczej i ze nie był nowicyuszem na polu zbrodni.

W ciągu trzech lat ostatnich okradziono w Devonshire cztery dwory. W żadnym wypadku złoczyńcy nie zostali ujęci. Wreszcie w maju roku bieżącego zrabowano Folkstone-Court, przyczem został zabity służący, który pierwszy dostrzegł zamaskowanego złodzieja.

Mógłbym ręczyć, że był nim Stapleton, który w ten sposób zasilał swe fundusze. Mieliśmy dowód jego bezczelności w tem, że podał moje nazwisko dorożkarzowi. Zrozumiał wtedy, iż go śledzę i że nie będzie mógł spełnić swych zamiarów w Londynie. Powrócił do Devonshire i oczekiwał tam przybycia baroneta.

— Przepraszam cię — rzekłem. — Czy mógłbyś mi wyjaśnić, kto żywił psa podczas pobytu Stapletona w Londynie?

— Ważna to kwestya — odparł. — Zastanawiałem się nad nią i doszedłem do przekonania, że Stapleton miał wspólnika. W Merripit-House był stary lokaj, Antoni. Wiem, że pozostawał u niego w służbie conajmniej lat kilka, bo widziano go za czasów, gdy Stapleton był kierownikiem szkoły w Yorkshire. Ten człowiek musiał wiedzieć, że Beryl jest żoną, nie siostrą jego pana. Po zamachu na sir Henryka, Antoni zniknął bez śladu.

Otóż to imię, rzadkie w Anglii, jest bardzo pospolite w Hiszpanii i w Ameryce hiszpańskiej. Ów służący, również jak i pani Stapleton, mówił po angielsku płynnie, lecz z akcentem miękkim, południowym. Widziałem sam Antoniego, idącego do Grimpen-Mire ścieżką, wytkniętą przez Stapletona. Zapewne ten, podczas jego nieobecności, żywił psa, choć zapewne nie wiedział, do jakiego celu jest przeznaczony.

Teraz słówko o mojej działalności w czasie, gdyś przebywał z sir Henrykiem w Baskerville-Hall. Pamiętasz może, jak oglądając papier, na którym były przyklejone słowa, wycięte z *Timesa*, badałem znak wodny; trzymałem wtedy papier przy oczach. Otóż zaleciała mnie subtelna woń białego jaśminu.

Jest siedemdziesiąt pięć gatunków perfum, które każdy detektyw powinien rozróżniać; wiele wypadków zależy od szybkiego poznawania perfum. Jaśmin naprowadził mnie na domysł, że list został przesłany przez kobietę. Już wtedy moje podejrzenia zwróciły się ku Stapletonom.

Wiedziałem więc o istnieniu psa i o miejscu zamieszkania mordercy, zanim wyruszyliście do Devonshire.

Postanowiłem śledzić Stapletona. Oczywiście nie mógłbym tego dokonać, przebywając z wami, albowiem łotr miałby się na baczności. Zwiodłem wszystkich, nie wyłączając ciebie, i zjawiłem się potajemnie, wówczas, gdy sądziliście wszyscy, że bawię w Londynie.

Ukrywałem się przeważnie w Coombe-Tracey, chroniąc się w jaskini na moczarach tylko wtedy, gdy moja obecność na polu działania była niezbędną. Cartwright w przebraniu chłopca wiejskiego, oddawał mi znaczne usługi. Dostarczał mi pożywienia i czystej bielizny. Podczas gdym ja śledził Stapletona, on śledził ciebie, tak, że wiedziałem o każdym twoim kroku.

Mówiłem ci już, że twoje raporty dochodziły mnie szybko, odsyłano mi je natychmiast z Baker-Street do Coombe-Tracey. Przydały mi się bardzo, zwłaszcza biografia Stapletona. Pomogła mi ona wykryć jego tożsamość i stosunek do pięknej towarzyszki.

Sprawa powikłała się przez ucieczkę więźnia Seldona i jego porozumienie się z Barrymorami. I tę zawiłość rozplątałeś, choć i ja doszedłem do tego samego wyniku, na mocy własnych spostrzeżeń.

W chwili, gdyś mnie odnalazł na moczarach, miałem już w ręku wszystkie nici spisku, lecz nie posiadałem materyału dowodowego, z którym mógłbym stanąć przed sądem.

Nawet zamach na sir Henryka, który skończył się śmiercią Seldona, nieszczęsnego więźnia, nie mógł nam pomódz do wykazania zbrodniczości Stapletona.

Nie było innej rady, jak go schwytać na gorącym uczynku, a w tym celu musiałem użyć sir Henryka, z narażeniem jego nerwów. Przyznaję, że moja w tem wina: trzeba było poprowadzić sprawę inaczej i oszczędzić naszemu klientowi tej przykrości, ale nie mogłem przewidzieć, że ten łotr posmaruje psa siarką i że owej nocy będzie mgła, dzięki czemu sir Henryk nie mógł widzieć z oddali czworonożnego sprzymierzeńca Stapletona, który wyskoczył znienacka i przestraszył tego odważnego człowieka. Zresztą doktor Mortimer i wezwani specyaliści upewniają, że nasz przyjaciel powróci niebawem do równowagi i że odzyska spokój ducha, zachwiany nietylko tym wypadkiem, lecz i sercowym zawodem.

Pozostaje mi już tylko zaznaczyć rolę pani Stapleton. Mąż wywierał na nią wpływ demoniczny; niewiadomo, czy go bardziej kochała, czy też się bała. Bądź co bądź, słuchała go niewolniczo, stawiając mu opór wtedy tylko, gdy chciał ją zmusić do wspólnictwa w zbrodni. Pragnęła ostrzedz sir Henryka, bez narażenia męża; próbowała kilkakrotnie, lecz bezskutecznie.

Stapleton był zdolny do zazdrości: widząc, że baronet zaleca się do jego żony, choć to leżało w jego zamiarach, nie mógł jednak powstrzymać się od gwałtownego wybuchu. Opamiętawszy się, udawał, że sprzyja rodzącemu się uczuciu, zapraszał sir Henryka do Merripit-House, w nadziei, że wcześniej czy później nadarzy się sposobność wciągnięcia go w zasadzkę.

Nagle w dniu, oznaczonym na zamach, żona oświadczyła się przeciwko niemu. Do uszu jej doszła wieść o nagłej śmierci zbiegłego więźnia na moczarach, a że wiedziała, iż pies trzymany jest tam na uwięzi, domyśliła się, jaką śmierć Stapleton gotuje sir Henrykowi, tembardziej, gdy mąż przyprowadził psa i zamknął go w oficynie.

Owego wieczora, przed przybyciem sir Henryka na obiad, wśród małżonków wynikła sprzeczka. Beryl nazwała męża zbrodniarzem; rozwścieczony, chcąc ją dotknąć boleśnie, oznajmił jej, że kocha inną.

To brutalne wyznanie zerwało ostatnie pęta, łączące ją z nędznikiem, i wznieciło w jej sercu nienawiść i pragnienie zemsty.

On spostrzegł tę zmianę, i obawiając się, aby go nie zdradziła, uwiązał ją do słupa i zamknął na klucz. Pewien był, że po dokonanej zbrodni, gdy cała okolica przypisywać będzie śmierć sir Henryka przekleństwu, ciążącemu na jego rodzie, on, Stapleton, zręcznem kłamstwem i pochlebstwem zdoła odzyskać uczucie swej żony, skłonić ją do milczenia i do przyjęcia faktów dokonanych.

Na tem polu spotkałby go zawód niewątpliwy. Kobieta, w której żyłach płynie krew hiszpańska, nie zapomina podobnej urazy.

Oto i wszystko, co wiem o tej ciekawej sprawie. Jedno tylko pozostaje do wyjaśnienia: w jaki sposób Stapleton, doszedłszy do sukcesyi, byłby wyjaśnił, dlaczego tak długo zamieszkiwał w pobliżu Baskerville-Hall pod przybranem nazwiskiem? W jaki sposób byłby się upomniał o spadek, bez zwrócenia podejrzeń?

Pani Stapleton zeznaje, iż jej mąż miał w tym względzie kilka projektów: albo upomnieć się o sukcesyę z Ameryki południowej i tam dowieść swej tożsamości i uzyskać fortunę, nie przyjeżdżając do Anglii; albo dostarczyć jakiemu wspólnikowi potrzebnych legitymacyj i za jego pośrednictwem spadek otrzymać; albo prowadzić sam sprawę na miejscu, lecz pod inną postacią zewnętrzną, w takiem przebraniu, żeby nikt poznać go nie mógł. Znając go, jestem pewien, że wybrnąłby z tych trudności.

A teraz, mój drogi, dość już o tej sprawie. Kosztowała nas niemało trudu. Zasłużyliśmy na rozrywkę. Dziś dają „Hugonotów". Wziąłem lożę. Czyś słyszał kiedy Reszków? Ubierzemy się zaraz i przed widowiskiem pojedziemy na obiad do pierwszorzędnej restauracyi. Dobrze? …

KONIEC